DU MÊME AUTEUR

Aux Éditions Gallimard

LA NUIT DES TRENTE, coll. L'Arpenteur, 2015 (Folio nº 6254)

L'Arpenteur

Collection créée
par Gérard Bourgadier

dirigée
par Ludovic Escande

Éric Metzger

ADOLPHE A DISPARU

roman

GALLIMARD | L'ARPENTEUR

À Léa, mon épouse bientôt à la lumière du jour…

Elle m'a brusquement quitté un jeudi soir. Je ne m'y attendais pas. Pourtant, jusque-là, tout se passait bien. On riait, on s'embrassait, on faisait l'amour, on papotait. Mais lorsqu'elle est entrée chez moi, j'ai tout de suite vu que ses yeux nous avaient abandonnés. J'ai demandé ce qui n'allait pas, elle m'a répondu qu'elle ne se sentait pas bien. Soupir, regard lointain. J'ai soufflé : « Pourquoi ? » Et ce fut l'avalanche, le vertige, le froid. Elle m'a expliqué qu'elle m'aimait, mais qu'elle n'était plus amoureuse de moi. Elle avait dû la préparer celle-là. Depuis quand ? Quelques jours. Tu te forçais ? Pas du tout. Mais tu m'aimes ? C'est pas le problème…

Pas facile à avaler. Au début, j'ai brandi ma fierté. « Au revoir », ai-je dit pompeusement en indiquant d'un geste la sortie dans le couloir.

Avant de disparaître, elle s'est sentie forcée de verser une poignée de larmes, lourdes, rondes et silencieuses, histoire de donner un peu de corps au drame. Ça m'a fait plaisir. Puis la porte s'est refermée. Quelques secondes après, je me suis écroulé. Elle partie, qui deviendrais-je ? J'ai d'abord pensé la rappeler : ça ne pouvait pas se terminer comme ça, ni aussi vite. Laisse-moi au moins une chance de t'attendrir, sinon de te menacer, voire de te culpabiliser ! Une chance, juste une, s'il te plaît…

Mais je me sentais sans forces. J'ai flotté jusqu'à ma chambre, et me suis accroché au lit, radeau d'infortune. Au milieu du silence amer, je me suis allongé sans sommeil. Et la nuit fut livide.

Le lendemain au bureau, les gens ont bien vu que ça n'allait pas. Et moi de m'empresser de raconter pourquoi. Besoin d'être plaint, sans doute. Je restais suspendu à son invention : « Elle m'aime, mais n'est pas amoureuse ? C'est n'importe quoi ce truc ! » Durant l'après-midi, je lui ai écrit une lettre, envoyée par mail. Elle commençait comme ça : « C'est l'histoire d'un garçon paumé dans une grande ville nord-africaine. Il tombe sur une jolie fille dans un bar avec laquelle il flirte. Il flirte pour s'amuser, pour s'éviter de penser, parce qu'elle lui plaît. Elle aussi est paumée : elle s'est séparée d'un type avec qui elle devait se marier. Alors, pour s'amuser, éviter de penser, et parce qu'il lui plaît, elle flirte le temps de quelques soirées. » Derniers mots : « Je veux faire ma vie avec toi. Je t'aime. »

Bien sûr, ça n'a servi à rien. Les belles lettres d'amour sont des lettres d'adieux. Je ne l'avais pas compris, elle si. Pour toute réponse, elle m'a envoyé un texto lapidaire : « Désolée », contre lequel mes espoirs se sont brisés.

Mes collègues ont eu la politesse de me plaindre toute la journée. J'en profitai pour être le plus malheureux possible. L'un d'eux, jouant à l'expert, m'a expliqué que la douleur passerait bientôt, que lui, par exemple, après sa rupture, n'avait cessé de penser à son ex matin et soir durant un an, mais que, au final, ça allait mieux ! Je l'ai regardé, stupéfait. J'avais envie de l'étrangler.

Au milieu de l'après-midi, je suis sorti faire une pause avec une amie. On s'est assis sur un banc, et soudain ma gorge s'est bloquée, ma mâchoire s'est crispée, mes poings se sont serrés. Malgré toute ma bonne volonté, j'ai éclaté en sanglots. Pas de fausses larmes, des vraies : des grosses, des petites, des plates, des invisibles, qui roulaient sur mes pommettes, se perdaient dans les poils de ma barbe et terminaient d'un plongeon en s'écrasant sur mon pantalon.

J'ai déambulé jusqu'au soir. Ô la trouille du crépuscule ! J'avais le ventre ravagé. Jouer au foot avec les copains m'a fait du bien ; ensuite nous avons dîné tous ensemble chez un italien. Je ne parlais pas, j'avais l'air triste, je l'étais. Rentré avant minuit, je me suis plongé dans un bain chaud ; je m'y ennuyais en fixant le bout de mes pieds. Puis, la peau fripée, il a bien fallu se sécher, lentement, presque goutte après goutte. Je gagnais un temps précieux. Du coin de l'œil, j'observais le lit avec défiance. J'ai même songé à dormir sur le canapé, face à la télé ! C'est alors que je me suis révolté : mais pauvre idiot ! sale lâche ! espèce de trompette ! Bouge-toi un peu ! Sois courageux, pour une fois !

Enfin dans mon lit. Pour couvrir le bruissement des souvenirs, j'ai lancé un film sur l'ordinateur. Un film avec des boums ! des ratatatatatas ! des shbams ! des : « Lâche ton arme ! » Et je me suis endormi, le volume à fond. Plusieurs fois, j'ai été réveillé par des explosions ou des cris de rage. Au moins, il y avait du bruit.

Quand j'ai ouvert les rideaux, le soleil était à midi, et la moiteur a aussitôt dégouliné sur mon front. Ils l'avaient répété aux infos toute la semaine, ce week-end s'annonçait comme le plus brûlant de l'année, voire du siècle. Peut-être, mais moi, j'avais froid d'elle. Je sais, c'est un cliché, mais en amour, on n'a guère le choix des armes, et quand on a mal, on n'est jamais très malin. On balance des trucs que l'on croit poétiques alors qu'ils sont juste idiots. On parle de sa peau sucrée, on prétend qu'elle est notre sang, notre chair, on dit que sans elle on est comme un marin perdu au milieu de la mer (évidemment, on n'a aucune expérience de la vie du marin, qui plus est perdu au milieu de la mer), et pour faire durer cette mollesse, on ramasse les poncifs à la pelle, c'est fou à quel point ça rend bête, lyrique et minable à la fois.

Parce que j'étouffais, je suis sorti. J'ai décroché un vélo et me suis mis à tourner en rond sur les quais, au centre de Paris, les bras brûlants et le corps en nage, à la recherche de rien.

J'en étais à mon troisième passage rive gauche, rive droite, perdu entre deux quais, quand mon portable a vibré. J'ai manqué me casser la figure en l'attrapant. Mais à l'écran seules cinq lettres blanches s'affichaient : « Maman ». J'ai laissé sonner. Je n'avais pas envie de partager ma peine avec elle, ça ne la regardait pas. Mais elle a rappelé. Je me suis rangé contre un trottoir, et j'ai décroché, un peu agacé : « Oui, qu'est-ce qu'il y a ? » Elle pleurait. « Qu'est-ce qui se passe, maman ? »

Elle a crié : « Adolphe a disparu ! »

Ma mère passe ses journées à nourrir des chats abandonnés dans le bois de Boulogne. Pas de repos, même le week-end. C'est une passion, un hobby, un entêtement. Elle subvient au besoin d'un tas de chats, leur donne tout ce qu'elle peut, croquettes, pâtée, eau, soins et caresses. Ça lui prend tous ses après-midi, voire toute sa journée, parce que le matin, en plus de nourrir ses canaris, elle doit aussi préparer le matériel pour la « tournée des mimis ». C'est ainsi qu'elle appelle sa grande mission nourricière dans les bois de Paris.

Elle est parvenue à donner un prénom à chaque félin. Ils se comptent par dizaines. Il y a Pénélope, Tom, Sacha, Emma, Lou, Chacha, Léo, Prunelle, Kiri, Tigrou, Manon, Camille, Gaby, Claudius, Boubou, Cloclo, Holy, Maé, Ikky, Ralph, Magoo, Doria, etc. Et donc, Adolphe.

Lorsqu'elle a bégayé au téléphone « Adolphe a disparu », je n'ai pas compris. J'ai d'abord cherché si je ne connaissais pas un Adolphe, du genre oncle lointain, voisin, ami d'ami, mais non, rien. Alors, d'une voix mal assurée, j'ai demandé : « C'est qui, Adolphe ?

— Un de mes chats du bois ! »

Pardon ? Toutes ces larmes et ces cris pour un chat ? Ça m'a agacé, j'ai serré les dents et j'ai grincé : « Comment ça, disparu ? S'il vit dans la forêt, c'est juste qu'il doit se balader !

— Si, il a disparu ! D'habitude, il est là à 2 heures de l'après-midi. Tous les jours depuis sept ans. Vraiment, c'est pas normal…

— Il reviendra demain, maman, t'en fais pas.

— Non, non, je te dis que ça n'est pas normal ! a-t-elle répété d'une voix aiguë.

— Qu'est-ce que je peux y faire ?

— Je sais que tu es probablement occupé… mais j'ai besoin de ton aide pour le retrouver !

— Tu veux qu'on fouille tout le bois de Boulogne pour retrouver un chat ? Mais c'est impossible !

— Ne dis pas ça, tu es mon seul espoir ! »

Que pouvais-je répondre ? Le bois de Boulogne, c'est huit cent quarante-six hectares, des dizaines de milliers d'arbres, des millions de feuilles, de branches, un fatras incalculable de vert et de marron, de minuscules bêtes dégoûtantes un peu partout, sans parler des gens bizarres qui y traînent.

L'idée de me retrouver dans la forêt en tête à tête avec ma mère m'était de surcroît inconfortable. Ce n'était pas contre elle, je l'aime beaucoup, ma mère. On a été très proches longtemps, quand j'étais enfant. Puis j'ai grandi, je me suis disputé avec mon beau-père, je suis parti vivre ailleurs dans Paris. Elle a continué à s'occuper de mon linge, qu'elle lavait, repassait et déposait à mon studio. Ensuite, j'ai vieilli, j'ai eu un travail, une copine, et je n'ai plus vu ma mère qu'une fois par semaine. Après il y a eu un autre travail, encore plus prenant, une autre copine, plus prenante elle aussi, puis encore une autre, on a fini par ne plus se voir qu'une fois toutes les deux semaines, avec ma mère, et maintenant plutôt une fois par mois, alors que l'on vit à moins d'une demi-heure porte à porte. Mais bon, on n'y peut rien, même si je sais que je le regretterai un jour.

« S'il te plaît… » Elle sanglotait. « Il faut le retrouver, il doit avoir un problème. »

J'ai dit « D'accord », et je suis parti la rejoindre.

Là-haut, le soleil. Sa lumière blessante. La sueur dans mon dos. Le son d'un klaxon virulent derrière moi m'a fait sursauter: comme je ne pédalais pas assez vite, le véhicule m'a dépassé brutalement. J'ai entendu «Connard!» puis une accélération. J'aurais dû prendre une casquette. Je n'aime pas la chaleur, elle me rend bête.

À mon arrivée au point de rendez-vous, devant les Jardins de Bagatelle, ma mère semblait complètement perdue: yeux gonflés, pommettes rouges, épaules voûtées. Elle m'a demandé comment j'allais. J'ai menti, tandis que ma conscience me hurlait à tue-tête que ma vie était fichue, que je devais émigrer aux États-Unis, repartir de zéro, ou bien, en cas de paresse, au moins me suicider.

Ma mère s'est mouchée, soulagée. Elle m'a remercié d'être venu si vite. Mon beau-père ne pouvait pas l'aider, bloqué au lit par la goutte. Elle aurait bien appelé sa voisine Karine à la rescousse, mais celle-ci était partie pour le week-end avec ses enfants dans le

Sud. Bref, elle me remerciait, elle ne pouvait compter que sur moi.

Selon ma mère, Adolphe avait probablement disparu « dans ce coin-là », me désignant de la main une vaste étendue boisée sur notre gauche. J'ai aussitôt compris que nous n'y arriverions pas : trop de feuilles, trop d'arbres, trop de kilomètres ! Ça m'a fait penser à mon avenir.

« Et comment je reconnaîtrais Adolphe ? » ai-je demandé. Elle a sorti son téléphone et m'a montré une photo : « C'est un chat tout blanc, sauf qu'il a une petite tache noire sous le nez, comme une moustache… »

Là, j'ai regardé ma mère, ahuri : « Attends, ne me dis pas que tu l'as appelé Adolphe parce qu'il ressemble à Adolf Hitler ?! » Elle a répondu oui de la tête, ajoutant : « Et parce qu'il est méchant lui aussi. »

Nous devions donc partir à la recherche d'un chat méchant prénommé Adolphe parce que sosie félin d'Hitler. J'aurais rigolé si je n'avais pas été si préoccupé par ma peine de cœur. À la place, j'ai demandé sérieusement : « Mais pourquoi veux-tu le retrouver s'il est méchant ?

— Ça reste un animal. Ce n'est pas de sa faute s'il est méchant : il a été abandonné ! Surtout, il est malade. Normalement, je lui donne un médicament contre l'asthme ; s'il ne le prend pas, il peut mourir. »

J'ai hésité à me sauver. Pouvais-je lui dire qu'il était insensé de vouloir retrouver un chat méchant et malade qui ressemble à Hitler ? Et aussi que j'étais mal, qu'il y avait une fille avec qui je voulais faire ma vie, c'est-à-dire avoir des bébés, une maison, un labrador doré, vieillir et, un jour, mourir, qui venait de me quitter après m'avoir dit en face qu'elle n'était plus amoureuse de moi, mais qu'elle m'aimait ? Comment lui expliquer que depuis, j'avais envie de vomir tout le temps ?

Je savais que les chats étaient très importants pour ma mère. Un psy expliquerait sans doute qu'il s'agissait d'un simple transfert depuis que j'étais parti de la maison, qu'elle avait reporté son affection sur autre chose en raison de mon absence, etc. Ça ne servait à rien d'analyser tout ça. Les larmes ont recommencé à se blottir le long de ses paupières. Et je n'ai pas eu le cœur de dire non.

« On commence par où ? »

Si le bois de Boulogne est le poumon de Paris, il doit être aussi abîmé que celui d'un gros fumeur alcoolique, mangeant gras et dormant mal. Aucun « air pur de la nature », juste le parfum lourd des sycomores qui m'a toujours un peu écœuré, et cette couleur omniprésente, vert épinard jamais très franc, cachottier, et parfois même suspect.

Nous avons pénétré dans la forêt par un petit chemin de terre que ma mère avait l'habitude d'emprunter, au bout de la route des Lacs-à-Bagatelle. Le soleil coulait si fort sur nous que l'ombre elle-même se révélait inutile. Je transpirais énormément, le front bouillant, les bras salés. Devant moi, ma mère écartait les branches les plus hautes. Je la suivais, un peu perdu, sans trop regarder où j'allais. Je ne pensais qu'à Lola, ses mots, ses raisons. Son visage m'apparaissait comme un test de Rorschach, sur lequel, en fonction de mes souvenirs, je projetais toutes les interprétations possibles. Plus amoureuse, vraiment ? Je n'arrivais pas à y croire, elle me cachait quelque chose. Un amant ! Oui, voilà, elle devait vivre une idylle avec un type musclé, bronzé, aux dents parfaites et à la voix rauque, un peu typé italien… Oh ! J'en étais sûr ! C'était donc ça ?

Tandis que je visitais la galerie de ma paranoïa, ma mère a murmuré : « C'est là… » J'ai relevé la tête, et, après avoir écarté une dernière branche, j'ai découvert une sorte de village miniature pour matous : cabanes en polystyrène pleines de terre, bâches en plastique, gamelles entourées de mouches, bols d'eau presque vides… Autour, des dizaines de chats rôdaient, noirs, gris, blancs, roux, tachetés. Certains se trouvaient perchés sur des branches inaccessibles, d'autres se contentaient de rester tapis au milieu des herbes.

« Adolphe traîne normalement dans ce coin », a expliqué ma mère. Elle s'est raclé la gorge, puis a crié deux ou trois fois « Adolphe ! » sans que ce dernier daigne lui répondre. « Tu peux regarder dans les cabanes ? Je vais fouiller les alentours. »

J'ai opiné, et elle est partie à la recherche d'Adolphe.

La tribu des félins m'observait. Dans leurs regards se mêlaient dédain, curiosité et méfiance. L'un d'eux aurait pu me traiter d'abruti, ça ne m'aurait pas autrement surpris.

Pour me donner de la contenance, je gardai mes mains dans les poches et décidai de les ignorer en prenant l'air hautain. Après quoi, j'ai commencé à me pencher sur les cabanes, dans l'espoir d'y trouver un chat nazi en flagrant délit de sieste.

Au loin, je l'entendais gazouiller des « Coucou mimi ! » dès qu'elle croisait un chat, avec cette voix aiguë que l'on prend généralement pour parler aux bébés. J'étais agacé. Tout cela me paraissait le comble du ridicule : « Quand même, ce sont des animaux, pas des enfants. Qu'est-ce que je fiche ici à transpirer comme un marathonien pour retrouver un putain de chat dans ce bois qui sent mauvais ? »

À un moment, j'ai entendu : « Dis, tu n'as pas vu Adolphe ? » Je croyais qu'elle était tombée sur quelqu'un, mais pas du tout : elle s'adressait à un gros matou roux, étalé sur la fourche d'un arbre. Ce dernier, impavide, l'a fixée du regard quelques secondes, et s'est brutalement léché l'entrejambe. « Pas grave », a-t-elle murmuré. J'ai soupiré.

Je venais de jeter un coup d'œil à la dernière cabane : pas d'Adolphe. À la place, des dizaines de préservatifs usagés. J'étais dégoûté.

J'ai demandé : « C'est quoi tous ces préservatifs partout ?

— Bah, les prostituées qui n'ont pas de camion viennent souvent faire ça dans les bois la nuit ! » m'a répondu ma mère, qui revenait vers moi.

J'étais assez choqué par la désinvolture avec laquelle elle abordait le sujet, mais j'ai fait semblant de rien. Elle a ajouté : « Tiens, d'ailleurs, allons voir Alexia, elle l'a peut-être vu.

— Qui ?

— Celle qui bosse dans le camping-car, là-bas. »

Elle m'a désigné au loin une fourgonnette grise, garée sur le bas-côté. Plissant les yeux, j'ai soudain compris : « Mais maman, tu ne vas pas taper à sa porte ! C'est… je veux dire… une prostituée !

— Bah quoi ? Elle est gentille, tu sais ! Ce n'est pas un monstre. Tu crois qu'elle fait ça pour le plaisir ? Je la croise tous les jours, et je t'assure qu'elle est très sympa. De temps en temps elle me donne un coup de main pour porter les sacs de croquettes. De toute façon, elle n'a pas de clients là, sinon, elle aurait mis le foulard à sa fenêtre. Viens, je te présente ! »

Me présenter ? J'allais répondre non, pas la peine, je préfère t'attendre tranquillement à l'ombre, mais j'ai croisé le regard d'un chat qui me traitait de dégonflé, et j'ai décidé de la suivre.

« Alexia est péruvienne, elle est là depuis plus de dix ans, a-t-elle précisé non sans fierté. Elle a pas mal de clients haut de gamme. En général, on voit une Maserati ou une Jaguar garée près de son camping-car. »

Je m'attendais à découvrir un véhicule délabré. Pas du tout ! C'était une Mercedes aux vitres teintées. Sur la lunette arrière était inscrit en lettres rose fluo : « VIP ».

Je restais un pas en retrait, peu convaincu de l'utilité de cette visite et redoutant en outre de croiser une personne de ma connaissance. Le hasard pouvant être vicieux quelquefois, j'ai jeté un coup d'œil autour de nous, mais non, il n'y avait personne dans l'allée, sinon le soleil, toujours aussi ardent.

Ma mère a tapé contre la porte en taule. On a entendu une grosse voix : « Ché qui ?

— Élise ! »

La porte s'est ouverte, et Alexia est apparue. Au

moins un mètre quatre-vingt-cinq, tout en muscles, une perruque blonde sur la tête, le teint mat. Alexia n'était ni tout à fait une femme ni tout à fait un homme. J'ai reculé en la voyant tellement elle m'a paru impressionnante.

« Éliche, comment tou va ? »

Alexia a descendu le petit promontoire et fait la bise à ma mère.

« Pas très bien, j'ai perdu Adolphe, un des chats, celui qui est tout blanc avec une petite tache noire sous le nez.

— Che vois pas. »

Ma mère a sorti son téléphone et lui a montré la photo.

« Non décholée, che vois pas. Il y en a tellement que che confonds souvent.

— Au fait, Alexia, je te présente mon fils, Jules. Jules, Alexia. »

J'ai dû rougir sans m'en rendre compte. J'ai dit « Bonjour », et Alexia s'est penchée pour me faire la bise. Ça m'a déconcerté. J'ai d'abord eu un mouvement de recul, mais, me sentant idiot, j'ai voulu me rattraper. Collant ma joue contre la sienne, j'ai posé une main amicale sur son épaule. Elle avait la peau douce, ce qui m'a surpris.

« Enchantée », m'a-t-elle dit avant de se tourner vers ma mère. « Tou vas avoir dou mal à le retrouveche… L'aigouille dans la botte de foin.

— Mon fils est venu m'aider, je suis sûre qu'on y arrivera. »

Dans sa réponse pleine d'orgueil, c'est moi qu'elle

regardait, comme si j'étais un faiseur de miracles. Puis elle a fait la moue : « Dis donc, c'est quoi cette coupure au sourcil ? »

Je ne l'avais pas remarquée, mais en effet, Alexia avait une grosse entaille au-dessus de l'œil, traçant une ligne diagonale dans son sourcil épilé.

« Oun ami oun peu trop... amical... J'ai dou lé dégacher. Tou mé connais, avec moi cha pardonne pas ! »

Elle a bandé ses biceps, et je dois reconnaître qu'elle était bien plus musclée que moi !

« Ché crois qui ne reviendra pas !

— Fais attention quand même... Bon, de notre côté, nous allons sur l'autre site des chats chercher Adolphe. Si tu l'aperçois, préviens-moi. À demain, Alexia !

— À demain, Éliche !

— Au revoir », ai-je dit poliment.

Et la porte en taule du camping-car s'est refermée.

Le record d'apnée statique homologué est détenu par un Français, avec un chrono de onze minutes et trente-cinq secondes. À quoi avait-il pu penser durant ce laps de temps, la tête plongée dans l'eau, sans autre chose à voir que le carrelage bleu de la piscine ? À lui, à ses proches, à ses amis ? À son envie de record ? À des moutons en train de sauter par-dessus des barrières ? À rien ? Onze minutes et trente-cinq secondes de calme absolu. Je l'enviais. Moi, mon apnée n'avait duré que huit minutes : quatre cent quatre-vingts secondes sans penser à Lola !

Un chouette moment, vraiment, que je devais mettre au crédit de ma mère et d'Alexia ! Pendant ce temps, j'avais oublié à quel point je me sentais mal, combien j'avais envie de la revoir, de la serrer dans mes bras et de crier bêtement : « Au secours, mon amour ! » La douleur a ressurgi pendant la marche : comme de grands coups au ventre et ce vertige immense. Pendant ce temps, ma mère avançait, inquiète, tournant la tête de tous côtés, essayant de voir si Adolphe ne pointait pas le bout de sa truffe.

Je trébuchais souvent dans les branches mortes et les ronces. Je sentais mes chevilles frôler les orties blanches, et même si je savais qu'elles ne piquaient pas, je râlais. Contrairement à ma mère, je n'étais pas « équipé ». Elle avait des bottes, moi des baskets. Elle portait un treillis, moi un jean. Son gilet multipoche résistait aux branches, mon T-shirt se faisait agripper de toute part.

Jusqu'à cet instant, je ne m'étais jamais rendu compte à quel point il pouvait être difficile de marcher dans ce bois. Lorsque j'avais ma mère au téléphone, certains soirs, elle m'expliquait toujours qu'elle se sentait épuisée par sa tournée. Je n'y croyais qu'à moitié : pour moi, elle se faisait juste une promenade en forêt, il ne fallait pas dramatiser. Je comprenais mieux à présent cette fatigue. Et encore, d'habitude elle transportait avec elle des sacs remplis de croquettes.

« Tiens, c'est là ! » m'a-t-elle indiqué en pointant du doigt un autre campement miniature pour chats, beaucoup plus grand que le précédent. Il s'étendait sur plusieurs dizaines de mètres carrés, en arc de cercle autour de gamelles d'eau et de nourriture reposant sur des palettes de manutention.

J'étais impressionné.

« C'est toi qui as fait tout ça ?

— Oui.

— La vache ! »

Jamais je n'aurais imaginé ma mère aussi douée de ses mains. Les cabanes n'étaient pas belles, mais visiblement pratiques. J'ai souri. Comme elle avait changé durant toutes ces années ! Une autre femme. Quand j'étais enfant, elle fumait cigarette sur cigarette, roulait au diesel, travaillait dans une tour à la Défense, portait des tailleurs chics et rentrait tard le soir : pas manuelle pour un sou. Elle représentait l'*executive woman* comme on en voit dans les films des années 1990 : cette femme en tailleur sombre qui fonce à cent à l'heure, clope au bec, sexy, terminant tard, buvant un verre encore plus tard, de retour chez elle épuisée, abandonnant ses talons hauts dans l'entrée avant de se coucher pour tout recommencer.

L'*executive woman* est décédée le jour où elle a perdu son travail : licenciement, chômage, dépression aussi, je crois, mais je ne m'en suis pas rendu compte, elle non plus. La vie est devenue difficile, il y avait moins d'argent pour nous satisfaire. Pas grave : pour moi, l'*executive woman* faisait place à une mère. Quand je rentrais du collège, elle était là et s'occupait de moi. J'avais droit à un goûter, des gâteaux et un verre de lait servis sur un plateau dans ma chambre.

Treize ans s'étaient écoulés depuis que j'avais quitté cette chambre. On aurait pu croire que tout allait rester figé, mais pas du tout. Ma mère a eu de plus en plus de cheveux blancs. Des rides ont commencé à danser sur son visage. Par la suite, plein d'autres bouleversements sont apparus : elle roulait au diesel, elle pédale à vélo ; elle votait à droite, elle a viré à gauche ; elle prenait des bains brûlants, elle se douche à l'eau froide ; elle réchauffait des plats surgelés, elle cuisine des légumes bio ; elle bronzait dans des cabines à UV, elle prend des couleurs au soleil ; elle buvait des cafés serrés au comptoir, elle sirote du thé vert dans sa cuisine ; elle fréquentait des types en costard cravate, elle papote avec des messieurs à talons ; elle marchait emprisonnée dans d'impeccables tailleurs noirs, elle ne chemine plus qu'en vieux treillis kaki…

Ma mère est devenue celle que je ne reconnaissais plus.

« Adolphe ! » a-t-elle crié une bonne dizaine de fois. Pas de réponse, à nouveau. Les autres chats alentour l'observaient avec curiosité. D'habitude, la dame venait toujours avec des croquettes, mais aujourd'hui, elle criait ! Bizarre les gars, non ?

J'avais déjà envie d'abandonner. La chaleur, le bois, l'inutilité de cette chasse au chat nazi. J'avais appris que, pour débusquer des anciens haut gradés SS, les Klarsfeld avaient effectué de longues filatures, pris des dizaines de photos, minutieusement constitué des dossiers durant des mois et des années. Nous, pour Adolphe, nous nous promenions en hurlant son prénom à tue-tête. J'imaginais les soldats alliés crier dans les décombres de Berlin « Adolf ! Où es-tu ? » en espérant que le petit Führer apparaîtrait. J'avais aussi lu que ce dernier avait vécu pendant des mois terré dans son bunker, sous des couches de béton, piquant des colères au gré des défaites, refusant obstinément de sortir la tête dehors, s'imaginant à tout instant trahi par tous. Adolphe le chat avait-il lui aussi une cachette sous la forêt où se terrer ?

« Je crois que ça ne sert à rien, maman…

— On va le retrouver. Ça fait à peine une demi-heure qu'on cherche ! N'abandonne pas tout de suite ! Viens, aide-moi : le toit de cette cabane est tombé. »

D'un coup, elle a attrapé un côté du toit en polystyrène plein de saletés. Elle s'attendait à ce que je m'empare de l'autre, mais ça me dégoûtait ; il y avait de la moisissure, des crottes d'oiseaux, des petites bêtes et, surtout, des traces répugnantes que je ne parvenais pas à identifier.

« Alors ? » s'est-elle impatientée. Du bout des doigts, j'ai saisi un pan du toit et l'ai soulevé avec elle. Je devais faire une terrible grimace de dégoût, car elle m'a dit : « Ce n'est pas sale, c'est la nature. »

Nous avons reposé le toit sur la cabane, et je me suis vite essuyé les mains sur mon pantalon. « Bon, on fait quoi maintenant ?

— Je dois continuer ma tournée pour nourrir les autres chats. Tu viens avec moi ? Il y en a pour une heure. Ensuite, on reprend les recherches.

— Maman, je suis désolé, mais on ne retrouvera pas ton chat… Tu t'en rends bien compte, le bois est immense, et…

— Tant qu'on n'a pas essayé, j'y crois. S'il te plaît, ne me laisse pas, ça me fait du bien que tu sois là. »

J'ai rassemblé mon courage, mais avant que j'aie eu le temps de l'employer, il s'est volatilisé. J'ai répondu : « D'accord. »

« Combien elle me pesait, cette liberté que j'avais tant regrettée ! Combien elle manquait à mon cœur, cette dépendance qui m'avait révolté souvent ! » dit à raison l'autre Adolphe, pas le chat, ni le Führer, mais le personnage de roman romantique un peu trop sensible. La liberté me pesait, en effet. Je ne savais pas quoi faire de ma soudaine indépendance. Je la traînais sans faire aucun effort pour m'en débarrasser. Elle me disait « Profite ! » et je la regardais comme la vache distraite observe le train qui passe. C'est probablement pour cette raison que je me suis laissé embarquer par ma mère : il me fallait trouver une occupation, combler le temps, jusqu'au prochain sommeil.

Dans le coffre de la voiture se trouvaient pêle-mêle les sacs de croquettes et des bouteilles d'eau. Ça sentait fort, mais je ne l'ai pas fait remarquer pour ne pas vexer ma mère. En retenant ma respiration, j'ai saisi deux sacs tandis qu'elle s'emparait des bouteilles, et nous avons pris la direction d'un troisième village.

Au milieu de l'allée goudronnée, légèrement en

retrait d'elle, je transpirais de plus en plus. Le mauvais plastique des anses me brûlait les doigts, tandis que le soleil cognait sur mon front de toute sa force. Je sentais la poisse de la sueur s'incruster dans mon cou ; mon T-shirt était déjà trempé. Je maudissais la chaleur et m'imaginais plonger nu dans un improbable lac d'eau fraîche. J'avais hâte de me trouver sous la ramure.

« C'est encore loin ? ai-je haleté.

— Non, au bout de l'allée. »

Il suffisait de prendre le chemin à droite, de s'enfoncer un peu et nous serions arrivés.

La nouvelle tribu des chats a levé la tête. Ma mère m'a désigné un immense saladier en terre cuite, sale et ébréché, m'expliquant qu'il fallait que je le remplisse à moitié, ce que j'ai aussitôt fait. Les chats, attirés par le tintement des croquettes, se sont rapprochés, prudemment. J'ai fait semblant de ne pas les remarquer ; je savais qu'ils risquaient de s'enfuir, les trouillards. Pendant ce temps, ma mère s'est mise à remplir les bols d'eau. Ça nous a pris une dizaine de minutes.

Tout en s'activant, elle me présentait tel ou tel chat : « Là, celle avec toutes les taches, c'est Alice ; la petite toute grise, Colette. Et regarde, celui perché dans l'arbre, c'est Rufus !

— Comment tu fais pour retenir leurs prénoms ?

— L'habitude !

— Tu ne te trompes jamais ?

— Non, enfin rarement. Ils sont tous différents. Toi qui aimes lire, tu savais que Paul Léautaud adorait les chats ? Il en a eu plus de trois cents. Il disait que chaque chat avait sa physionomie, ses manières, son caractère particuliers. Il a même nommé sur son testament la SPA comme ayant-droit de ses œuvres. Tu imagines sa générosité ? »

J'ai failli lui répondre : « J'imagine plutôt sa solitude », mais je m'en suis abstenu. En réalité, je connaissais mal la vie de Léautaud.

Certains chats mendiaient un peu d'affection en se frottant contre nos jambes. Mais ils gardaient le plus souvent leurs distances, surtout avec moi. J'ai aussi remarqué que beaucoup claudiquaient ou avaient un œil fermé. Des « abîmés », comme les appelle ma mère, blessés par la nature. Elle m'avait expliqué que la plupart d'entre eux étaient issus d'un foyer et s'étaient retrouvés du jour au lendemain jetés en pleine forêt.

Il y a toujours une bonne raison pour se débarrasser d'un animal domestique : l'arrivée d'un enfant, un déménagement, une séparation, ou même l'augmentation du prix des croquettes. Les félins embourgeoisés, manucurés, vermifugés doivent soudain s'habituer à une nature qu'ils ne connaissent pas, sans pâtée ni canapés. L'apprentissage est douloureux. En règle générale, ils ne survivent pas plus de quatre ans et succombent à diverses maladies, coryza, infections, sida. Les chats âgés qui traînent dans le bois sont rares. Ils appartiennent à la catégorie des « survivants », exactement comme Adolphe, lequel devait avoir, comme ma mère me l'avait répété plusieurs fois, « une sacrée force de caractère ». Probablement plus que moi.

Cela faisait bientôt quarante-huit heures que Lola s'était évaporée, et je ne parvenais pas à m'y habituer. Être seul : pléonasme, oxymoron, utopie ? Je ne vivais pourtant pas dans une grotte, mais dans un appartement au centre de la vingtième mégapole du monde. À mon étage, il y avait des voisins ; dans la rue, des passants ; au bureau, des collègues ; au bout du fil, des amis ; sur Facebook, des copains ; sur Instagram, des gens que je connaissais ; et sur Twitter de parfaits inconnus. Non, je n'étais pas seul. Même si je l'avais voulu, je n'aurais pu l'être. Mais voilà, j'avais beau me raisonner, utiliser toutes les astuces rhétoriques imaginables, je ne cessais de me répéter que j'étais abandonné, moi aussi, comme ces chats qui m'entouraient. Pauvres bêtes : nous sommes frères ! N'ayant plus de foyer, nous traînons, vous dans les bois, moi dans la ville.

Ému, je me suis accroupi pour caresser un beau persan qui s'approchait d'un saladier. Alors qu'il hérissait ses poils en reculant, j'ai murmuré d'une voix aiguë : « Viens, mimi. » Il s'est sauvé, l'imbécile !

J'allais me relever, lorsque mes narines ont été surprises par des senteurs exotiques. Au début, j'ai cru que je me trompais. Mais non, après quelques secondes d'investigation olfactive, je suis parvenu à reconnaître des odeurs de banane et de fraise. Quelle surprise ! Qui aurait pu deviner que l'on trouverait de tels parfums dans ces bois dégradés ? Encouragé par cette découverte mélancolique, j'ai décidé que, pour échapper à ma solitude, je pourrais entrer en communion avec la nature, à la manière d'un sage ou d'un ermite. Avec la nature comme maîtresse, plus jamais je ne serais seul !

Euphorique, j'ai attrapé une poignée de terre et l'ai respirée. Dans un sourire, je me suis tourné vers ma mère occupée à nettoyer une gamelle : « Maman, comment se fait-il qu'il y ait autant d'odeurs de fruits ici ?

— C'est le parfum des préservatifs éparpillés un peu partout. »

Il paraît que les chats domestiques se moquent de la liberté. Je suppose qu'ils apprécient tout de même les vagabondages offerts par un jardin, un champ, des toits, ou quelque autre espace ouvert, pourvu qu'il soit propice à l'aventure.

Mais ici, dans les bois, ils vivaient un enfer brûlant. Et en plus, ils portaient une fourrure ! Moi, rien qu'avec un T-shirt, je transpirais ; et franchement, j'aurais pu me mettre torse nu, ça n'aurait rien changé.

Heureusement, les feuilles se sont agitées, un petit vent tiède est venu nous lécher, et ma mère a interrompu le silence : « Ça va ?

— Oui maman, ai-je à nouveau menti.

— Tu as l'air fatigué…

— C'est à cause du travail. »

Avec ma mère, je restais prisonnier de mes pudibonderies. Sans regret d'ailleurs : j'avais mis tant d'années à conquérir le titre de « grand garçon » qu'il était hors de question d'en être déchu à cause de quelques larmes.

Bruit des oiseaux, frou-frou des arbres... Nous sommes arrivés à un quatrième campement miniature pour matous, plus loin, près d'une piste pour chevaux. À nouveau, j'ai versé des croquettes dans une gamelle, tandis que ma mère me présentait Cacahuète, Léonard, Fonfon et la vieille Cathy.

Les chats m'observaient avec insolence. J'avais l'impression qu'ils se passaient le mot pour se payer ma tête. Pour me venger, je les traitais discrètement de chats de gouttière, d'imbéciles, leur chuchotais que, de toute façon, ils ne sortiraient jamais de ce bois insalubre, chats galeux. Mais ça ne les faisait pas réagir ; pis, j'avais l'impression que certains d'entre eux souriaient crânement, les yeux plissés...

Un siamois aux poils hirsutes me fixait depuis un moment. Je lui conseillai d'aller se faire brosser, mais il a détourné la tête, perturbé par un bruit. Regardant dans la même direction que lui, j'ai alors aperçu une silhouette humaine qui s'approchait de nous.

L'homme était âgé d'une quarantaine d'années. Habillé d'un jogging, il avait le visage glabre, les cheveux noirs et courts. J'ai demandé à ma mère si elle le connaissait, mais elle m'a assuré que non. Je me sentais prêt à bondir sur l'inconnu. Parfois, quand on a mal, ça fait du bien de se défouler. L'homme s'est arrêté à quelques mètres, se contentant de nous observer, impassible.

Ma mère continuait de remplir les bols d'eau, et moi de faire tinter mes croquettes. D'un coup, il a dit : « Vous faites quoi ? » Ma mère a répondu qu'elle s'occupait des chats abandonnés. « C'est gentil », a-t-il commenté dans un sourire, planté sur ses jambes à nous regarder, les bras croisés. Puis il a ajouté : « Moi je suce des bites. »

La situation m'a paru absurde. Je ne savais plus si je devais rire ou me fâcher. J'ai préféré ne rien répondre. Quand nous avons eu fini, il nous a lancé : « Bon courage ! » À quoi ma mère a rétorqué : « À vous aussi ! » Ça l'a fait rigoler : « Ne vous en faites pas. Encore une ou deux, et ma journée est terminée ! »

Nous nous sommes éloignés. J'ai demandé à ma mère si elle faisait souvent ce genre de rencontres. Elle m'a dit que ça arrivait, qu'il fallait être méfiant, mais qu'elle n'était jamais tombée sur quelqu'un de méchant, juste des gens bizarres : « C'est un autre monde, le bois. C'est souvent plus cru, mais parfois plus vrai aussi.

— Tu as gardé le spray lacrymo que je t'ai offert ?

— Toujours sur moi, dans ma poche, mais je ne sais pas comment m'en servir. C'est plus pour la dissuasion.

— Tu devrais t'entraîner.

— M'entraîner sur quoi ?

— Je ne sais pas, sur un arbre. Y a que ça ici !

— Je ne vais pas attaquer un arbre à la bombe lacrymo, enfin ! C'est mauvais pour lui !

— Mais maman, ce n'est qu'un arbre !

— Oui, et il est vivant je te signale ! »

Pour me moquer d'elle, j'ai commencé à ironiser en claironnant « Bonjour monsieur », « Bonjour madame » dès que je croisais un arbre, c'est-à-dire tout le temps. Je prenais des nouvelles de leurs enfants, des voisins, m'inquiétais de savoir s'ils avaient bien dormi, si ça se passait bien pour eux au travail.

« Dites, vous n'avez pas vu Adolphe par hasard ? » ai-je demandé à un grand frêne mal en point. C'était la question de trop.

« Arrête de te moquer de moi maintenant ! s'est exclamée ma mère avec colère. Oui, les arbres sont des êtres vivants, quoi que tu en penses, pas la peine de me prendre pour une débile. Si tu ne comprends pas ça, c'est toi le débile ! »

Je comptais lui répondre qu'elle était devenue une vraie gamine, une cinglée, non, mais dis, tu vis dans quelle secte maintenant madame la druide, tu comptes redescendre de ton perchoir un de ces jours ? Mes mots allaient la frapper, lorsque je me suis pris le pied dans une racine cachée par des feuilles et suis tombé à la renverse. « Ça va, rien de cassé ? » J'ai hoché la tête, dit que ça allait, sans oser avouer que mon genou avait heurté une pierre et que j'avais rudement mal. Elle m'a aidé à me relever.

La colère était retombée, nous avons repris notre marche. « Tu vois, la nature s'est vengée, a dit ma mère. Il ne faut pas se moquer d'elle. » J'ai levé les yeux au ciel, sans répondre.

« Et comment va Lola ? »

C'était la question que je redoutais. Je savais qu'elle tomberait à un moment ou un autre. C'est toujours comme ça. Ce que vous voulez éviter, inévitablement, vient vous heurter ; le destin a un côté vicieux.

« Elle va bien, ai-je soufflé.

— Qu'est-ce qu'il y a ? Ça n'a pas l'air d'aller. »

J'ai eu mal, mal, mal. Je sais que ça n'est pas bien de le répéter, que ça ennuie les gens, mais voilà, j'ai eu très mal. Les dents serrées, il m'a fallu avouer : « Maman, Lola et moi, c'est terminé.

— Pourquoi ? Qu'est-ce qui s'est passé ? »

Sa voix venait de grimper d'un ton dans les aigus, signe d'inquiétude. Pour la rassurer (ou pour me rassurer), je lui ai répondu, l'air blasé, que je ne savais pas trop, qu'elle m'aimait, mais qu'elle ne se sentait pas assez bonne copine, pas assez amoureuse ; enfin bref, un truc de ce genre…

« C'est pas un peu trop intellectualisé ça ?

— Je n'en sais rien, maman.

— Ça lui passera peut-être, m'a-t-elle consolé, tu verras.

— Mouais. Je crois plutôt que c'est définitif. Ça t'embête si on n'en parle pas ?

— Non, je comprends. »

Lola se trompait. Selon ses propos, déversés le soir où tout s'est écroulé, elle souhaitait retrouver un « sentiment éprouvé plus jeune », lorsqu'elle était encore étudiante dans le sud de la France. Je n'ai pas compris tout de suite ce qu'elle voulait dire, et c'est alors qu'elle a répété à trois reprises, de manière incantatoire : « Je ne me sens pas amoureuse. » J'ai éclaté de rire, un rire de tristesse. Pour se défendre, elle a ajouté que, selon elle, être amoureuse, c'était « tout donner à l'autre, absolument tout ». Cette fois, j'ai explosé de colère. Tout donner à l'autre ! Quelle sottise ! Ça ne veut rien dire ! Tout ce que tu peux lui donner, à l'autre, ce sont tes lèvres, tes fesses – et ton pognon, à la rigueur ! Le reste est littérature. Alors, remballe tes histoires d'âmes sœurs, tu n'es pas la moitié de quelqu'un, sinon tu serais déjà morte, on ne vit pas avec la moitié d'un cœur !

Hélas, elle était déjà partie, je n'ai pas eu le temps de la plomber de tous mes mots. En fait, je suis sûr qu'une voix un peu niaise chante sans cesse dans la tête de Lola : « Un jour mon prince viendra. » Bah, je sais bien que je ne suis pas un prince. Ni les origines ni la noblesse, pas même la beauté. Mais tu sais quoi, Lola ? J'emmerde les princes. Si je devais croiser un prince, je le racketterais, je prendrais sa couronne dorée, son manteau de taffetas, sa cape en soie, et j'irai tout revendre anonymement sur un site internet, voilà ! Et avant ça, je le bagarrerais, avec œil au beurre noir et tout et tout, j'arracherais ses collants ridicules, imbécile de prince, remonte tout de suite sur ton cheval et déguerpis hors de ma rue !

Évidemment que Lola se trompait. Je l'avais vu, chez elle, cet amour de pacotille. Il faisait trempette dans ses yeux, flottait avec son gros ventre, un sourire idiot sur les lèvres, satisfait de lui-même. Mais toi, tu étais trop occupée à idéaliser ton passé, nigaude ! pour le voir.

Ou alors, Lola était une jolie comédienne. Mais je ne crois pas. Je les reconnais vite, les comédiennes, je les évite exactement pour cette raison. Elles sont très douées à ce jeu-là, avec leurs yeux innocents, la main sur votre bras, et ce joli sourire angélique…

Non, Lola se trompait. Quand nous passions du temps tous les deux, nous nous sentions bien. Elle le savait, d'ailleurs. C'est ça le pire. J'aurais préféré être trompé, haï. Pas être quitté en étant aimé ! Au moins la surprendre dans son lit les jambes en l'air avec un autre, un prince tiens ! Ah le revoilà ce prince ! J'aurais pu le provoquer en duel, rendez-vous demain matin à 6 heures dans le parc Monceau, la pelouse à gauche de la rotonde, celle près de la statue de Maupassant, très dandy comme lieu, et bien entendu, je vous laisse le choix des armes, peu m'importe, je vous mordrai !

La vibration de mon portable m'a sorti de mon soliloque. C'était un texto d'Alex, un très bon ami : « Demande-toi si votre séparation n'est pas une bonne chose. Lola a un problème. Est-ce que tu te vois faire ta vie avec une fille qui a un problème ? »

J'ai failli lui répondre : « Ta gueule ! » Mais je ne l'ai pas fait. Il m'écrivait par gentillesse.

Oh, comme il se trompe ! Lola n'a pas *un* problème. Elle a *des* problèmes, nuance, comme tout le monde.

« Adolphe ! Adolphe ! »

Pas de trace du félin nazi. Nous avons terminé la tournée des villages de chats, il est près de 17 heures, et il fait encore très chaud.

Ma mère est désespérée. Moi aussi. Nous sommes retournés à sa voiture pour déposer les sacs de croquettes vides ainsi que les bouteilles d'eau. Elle a refermé le coffre : « Bon, allons de l'autre côté, derrière l'allée de Longchamp, il est peut-être là-bas. » J'ai dit d'accord, avant de demander : « Tu crois qu'il lui est arrivé quoi ? » Elle ne savait pas. C'était rare, les chats qui disparaissaient. En général, ils mouraient de maladie, ou se faisaient écraser par des voitures.

« Comme nous, en fait ! »

Ça ne l'a pas fait rire. Elle m'a répliqué sérieusement : « Adolphe est un gros peureux. Il est méchant et peureux. Je le voyais se bagarrer avec les autres chats qui osaient l'approcher. À mon avis, il a eu peur de quelque chose et s'est enfui. On a encore pas mal de temps pour le chercher, il ne va pas faire nuit tout de suite. »

J'ai haussé les épaules. Pourquoi pas ? Au moins, toute cette histoire m'occupait. Nous avons remonté la route des Lacs-à-Bagatelle, traversé la bruyante allée de Longchamp et pris un nouveau chemin qui nous a fait franchir un ruisseau asséché.

Quelques heures auparavant, je croyais encore qu'il y avait très peu de chances de retrouver Adolphe ; maintenant, j'en étais franchement persuadé. Cette forêt me paraissait trop vaste, et le chat trop petit. Si Adolphe avait été un éléphant, à la rigueur ; j'imaginais la grosse masse grise et imposante, sosie d'Hitler, flâner dans le bois avec ses défenses d'ivoire, dodelinant de la tête en effrayant prostituées, cavaliers et joggeurs. Mais on aurait eu du mal à l'attraper et à le mettre dans la voiture, même en laissant le coffre ouvert. Finalement, chat ou pachyderme, Adolphe ne nous facilitait pas la tâche.

Ma mère continuait à regarder dans tous les sens, l'œil inquiet, aux aguets.

« Tu sais où on va au moins ? lui ai-je demandé.

— Oui, du côté du lac Inférieur.

— Qu'est-ce qu'il ferait au lac Inférieur ton Adolphe ? De la barque ?

— Non, mais c'est dans ce coin-là que je l'ai trouvé.

— C'était quand ?

— Il y a quatre ans. Paola m'avait signalé sa présence, elle travaillait dans le secteur à l'époque, mais depuis qu'elle s'est acheté un camping-car, elle a dû s'installer plus haut. Bref, quand j'ai récupéré Adolphe, il était tout maigre, sans forces. Je pense qu'il avait dû être abandonné à cause de son asthme, et aussi parce qu'il vieillissait. Je suis parvenue à l'attraper et à le déposer dans le village que je venais de construire, celui qu'on a visité en premier tout à l'heure. Jusqu'à présent, il n'en avait jamais bougé.

— Il y a beaucoup d'abandons de chats ?

— Si tu savais ! Toutes les semaines. C'est monstrueux, ils abandonnent leur chat pour un oui ou pour un non. Une fois, j'ai carrément vu un homme jeter son chat par la fenêtre de sa voiture et démarrer en trombe. »

Ça ressemblait à ce qu'avait fait Lola avec moi, disparaître en trombe. À la différence d'Adolphe, je ne souffrais pas d'asthme, et je n'étais pas vieux, à peine plus de trente ans. En âge de chat ça faisait quatre ans. Un enfant ! Bon, il pouvait m'arriver, dans certaines circonstances, de dire « à mon époque », mais c'était rare. Disons pour résumer que je préférais Instagram à Snapchat.

J'avais déjà parcouru au moins un tiers de ma vie (lorsque j'étais d'humeur pessimiste, le tiers se gonflait en moitié, et je buvais un verre ou deux pour l'oublier). Comme l'explique Roland Barthes dans son cours sur la préparation du roman, « arrivé à un certain âge, on peut employer l'expression commune "les jours sont comptés" ; on a l'évidence, nullement dramatique d'ailleurs, qu'on a commencé un compte à rebours qui reste flou bien sûr, mais dont le caractère irréversible est perçu plus que dans la jeunesse». On pourrait m'objecter qu'à trente et un an, ce compte à rebours résonnait de façon bien trop précoce pour ne pas ressembler à une contrefaçon. Quoi qu'il en soit, je n'y pouvais rien, tic-tac, tic-tac; la rupture n'avait fait qu'accélérer l'écho de la minuterie.

Juste au début de la route de la Grande-Cascade, nous sommes tombés sur une guirlande de préservatifs gonflés comme des ballons et accrochés entre deux branches d'arbre.

«Très chic, ai-je ironisé. C'est pour un goûter d'anniversaire?

— Mais non! C'est une “mise en avant”.

— Une quoi?»

Ma mère m'a expliqué que, pour attirer les clients, certaines prostituées signalaient leur présence en utilisant des subterfuges visuels. Par exemple, devant un petit chemin tracé entre les broussailles, elles déposaient une bouteille de champagne vide ou une branche morte avec un fanion de couleur noué au sommet; cela indiquait que leur «étalage» se trouvait juste derrière. Selon la sérieuse expertise de ma mère, qui avait fait une grande école de commerce, le collier de préservatifs restait la mise en avant la plus efficace, et de loin: «On le remarque tout de suite, et je trouve ça plutôt gai.

— Tu as raison, je choisirais aussi d'aller voir celle qui a la guirlande de préservatifs gonflés.

— Dans ce cas, je te conseille Luciana.

— Merci!

— Tiens, regarde, Yves retire sa mise en avant là-bas, il plie boutique. »

Elle me désignait du doigt un petit cinquantenaire avec de longs cheveux blonds en train de retirer un foulard mauve accroché à une branche.

« Je n'imaginais pas qu'il y avait autant de travelos dans le bois…

— Ce sont surtout des transsexuels, en fait. Les travelos se font plus rares. Yves est un des derniers.

— Désolé de ne pas faire la différence…

— Un travelo c'est un type qui se déguise en femme. Comme Yves, tu vois, là il a planqué son matériel derrière un arbre, et maintenant il redevient homme. »

Yves venait de s'asseoir au bord du caniveau et de ranger sa perruque dans un sac. À la place, au sommet de son crâne, scintillait une calvitie sur laquelle reposait une couronne de cheveux blancs. Ma mère a poursuivi son cours magistral : « Les transsexuels ont fait une opération pour modifier leur apparence sexuelle. En général, dans le bois, ce sont des hommes qui se sont fait greffer une poitrine. Par exemple, Alexia, que tu as vue tout à l'heure, est transsexuelle ! Elle a des seins et un truc entre les jambes…

— Ça va, pas besoin des détails ! »

Tout en l'écoutant, j'observais Yves se démaquiller, comme un comédien après un spectacle. Son visage est devenu plus foncé ; malgré la distance je pouvais voir deux rides dégouliner le long de ses fossettes. Il paraissait fatigué. Après avoir allumé une cigarette, il a attrapé son sac et a descendu l'allée.

« Fin de journée pour lui : là, il rejoint sa femme qui travaille plus bas dans le bois, mais côté Boulogne.

— Elle se prostitue elle aussi ?

— Oui. Ça fait trente ans, je crois, qu'ils sont ensemble. Tu sais, même s'il est moche, Yves a beaucoup de succès. Il revendique le fait d'être un travelo cent pour cent français, ce qui est très rare selon lui. Un jour, pendant que je nourrissais les chats du village à côté, je l'ai vu se disputer avec un autre travelo, pour une histoire de territoire. Il y tient, à son coin, Yves. Je crois qu'il était arrivé plus tard que d'habitude et qu'il s'était fait piquer sa place. Il n'arrêtait pas de crier, poings en avant, comme pour se battre. Ensuite, il a hurlé : "Eh, on est en France ici, on va pas se faire emmerder par les Arabes, alors tu dégages !" À ce moment-là, une bourgeoise qui passait en faisant son jogging a lancé, sans même s'arrêter : "Je suis bien d'accord avec vous !" Yves a pris un air triomphant, les mains sur les hanches. Le plus drôle est que le travelo en question était péruvien…

— Tu les connais tous ? Je veux dire les prostituées, les travelos, les transsexuels ?

— Non, pas tous, mais depuis presque dix ans que je traîne dans le coin, on a appris à se connaître. Avant ils me fichaient la trouille, mais maintenant, c'est l'inverse. Je me sens en sécurité grâce à eux. En cas de problème, je sais qu'ils interviendront pour m'aider.

— Tu as eu des problèmes ?

— Non, jamais. Mais si ça peut te rassurer, une fois, j'étais dans le coin d'Alexia, et parce qu'un chat m'avait griffé violemment au poignet, là où il y a les veines bleues, j'ai crié. Alexia a surgi presque aussitôt avec son nerf de bœuf en criant : "Y a oun problème Eliche ?" Ne le prends pas mal, mais Alexia est plus efficace qu'une bombe lacrymo ! »

J'ai haussé les épaules, peu convaincu. Ma mère a ajouté : « En tout cas, fais bien attention. Dans le coin, il y a beaucoup de sacs en plastique accrochés aux arbres ; ne te les prends pas dans la figure, ce sont des poubelles pour préservatifs usagés. Les prostituées les ont installés pour faciliter le travail des cantonniers : ils n'ont qu'à décrocher le sac, plutôt que de partir à la pêche aux capotes sur le sol. »

Un peu plus loin, j'ai aperçu quelques-uns de ces sacs en plastique pendus aux branches. On aurait dit des lampions multicolores installés pour une fête ou un barbecue. Sur l'un d'eux, j'ai pu lire la devise du supermarché dont il provenait : « Produits biologiques et écologiques ». Il était plein.

Nous avons marché une heure environ. J'avais mal aux mollets. Nous ne parlions pas beaucoup. Ayant perdu tout sens de l'orientation, je me fiais à ma mère. Finalement, nous nous sommes retrouvés devant le lac Inférieur. Parsemé de barques en bois, de canards et de cygnes hautains, il était à la fois plus exposé au soleil et plus rafraîchi par le vent. Contempler toute cette étendue d'eau, que je supposais formidablement, scandaleusement fraîche, m'a donné soif. J'ai proposé à ma mère de faire une halte au Chalet des Îles : « Pas plus d'un quart d'heure, promis ! »

Non sans hésiter – « On n'a pas le temps », « Je ne suis pas habillée » –, elle a fini par accepter pour me faire plaisir. Nous avons pris la petite embarcation qui relie le continent à l'île, et nous nous sommes installés en terrasse, bien à l'ombre.

J'ai demandé au serveur une eau pétillante, elle rien : « Je n'ai pas soif. » Je savais qu'elle mentait et qu'elle voulait juste m'empêcher de dépenser. Je lui ai tout de même commandé un Coca, sans glaçons.

Elle a souri : « Je ne suis pas habillée, la honte… » J'ai répondu qu'il ne fallait rien exagérer.

Soudain, ma mère a crié : « Oh ! le pauvre ! » ; elle venait de remarquer un pigeon qui clopinait entre les chaises de la terrasse. « Regarde, il est blessé, a-t-elle dit. Il faut que je l'attrape, il doit avoir un chewing-gum collé à la patte ou une autre connerie de ce genre, je sais les retirer.

— Maman, non…

— Quoi ? Je sais y faire, ne t'inquiète pas. »

Elle s'est levée, et la course-poursuite a commencé. Bien sûr, le volatile ne voulait pas se laisser attraper. Dès que ma mère commençait à s'approcher, il fuyait d'un zigzag entre les tables. « Viens, n'aie pas peur ! » disait-elle. Autour de nous, les clients l'observaient avec circonspection, personne ne semblant comprendre ce que la dame voulait au pauvre pigeon. Certains se moquaient, d'autres s'offusquaient ; je gardais la tête baissée : « Maman, arrête… »

Au bout de cinq minutes, elle est revenue s'asseoir à la table, essoufflée, vaincue. Le pigeon s'était échappé. « Il avait un fil enroulé autour de sa patte, le pauvre mimi », a-t-elle dit. J'ai haussé les épaules en soupirant : « Pas de chance ! » Je n'en pensais pas un mot. Je jetai des regards noirs aux railleurs qui nous observaient ; j'avais envie de me sauver.

Le serveur a déposé nos consommations sur la table, et nous avons commencé à boire. « Tu sais, je suis sûre que ça va s'arranger. » Comprenant qu'elle parlait de Lola, je n'ai pas su quoi lui répondre. « Non, je ne crois pas », ai-je soupiré. Heureusement, elle n'a rien ajouté.

Selon ma mère, il nous restait encore un gros coin à explorer avant la nuit, entre le lac, où nous nous trouvions, et la porte de Madrid, plus au nord. Je n'y croyais pas, mais je la suivais, silencieusement, bon chien fidèle, baigné de sueur, de doutes et de trouille à la pensée du soir à venir.

Dans le bois, je criais de temps en temps : « Adolphe ! » J'appréciais particulièrement de pouvoir ainsi expulser l'air contenu dans mon ventre et qui m'étouffait. Surtout la deuxième syllabe, « dolphe », avec l'« e » muet final, que je laissais traîner comme une longue expiration.

À un moment, j'ai exprimé un doute : « Mais il connaît son nom, le chat ? » Ma mère a hoché négativement la tête. J'étais exaspéré : « Alors pourquoi on crie "Adolphe" ?

— Parce qu'il n'y a pas d'autre solution.

— Mais s'il est craintif, il ne viendra jamais !

— Écoute, si c'est pour tout critiquer, je ne te force pas à me suivre ! »

En temps normal, j'aurais dit d'accord, et je serais parti. Mais ce jour-là, j'avais tellement peur de me retrouver seul que je n'ai rien osé répondre. De manière hypocrite, j'ai même continué de crier : « Adolphe ! »

« C'est peut-être compliqué pour toi, m'a dit ma mère. Il s'est passé beaucoup de choses depuis ces deux dernières années. » Je la voyais venir. Non, pas ça ! Qu'on me laisse tranquillement crier le prénom d'un chat sans prénom ! Pas d'analyse, maman chérie, s'il te plaît, pas maintenant…

J'ai grogné que je ne comprenais pas ce qu'elle voulait dire.

« Mon chéri. En moins de deux ans, tu as quitté une fille avec qui tu vivais depuis plusieurs années, ensuite ton père est décédé, et après, tu as rencontré Lola… »

Je n'ai rien répondu.

« Peut-être que c'est juste très compliqué dans ta tête. Que tu es perdu, mais pas seulement à cause de Lola. Peut-être est-ce un mal pour un bien qu'elle soit partie, tu as probablement besoin d'être seul pour te retrouver… »

Gentille maman. J'aimerais bien, tu sais. Mais je crois qu'il s'agit d'un mal pour un mal.

« Un deuil, ça peut prendre du temps, a-t-elle ajouté. Tu as perdu tes repères, c'était si soudain…

— Ça n'a rien à voir avec papa. »

Je me disais bien qu'elle avait peut-être raison, qu'il devait y avoir je ne sais quel rapport avec mon père, mais je l'ignorais. Qui sait si ça ne remontait pas à plus loin encore ? Cette douleur, il me semblait l'avoir déjà rencontrée, mais de manière plus diffuse, moins évidente.

C'était à l'époque où je partais un mois durant les vacances d'été avec mon père, me retrouvant de fait séparé de ma mère. La même boule dans le ventre, sauf que celle de ma rupture avec Lola me semblait plus dure, plus grosse. Enfant, j'arrivais à vivre malgré tout, à m'occuper, à jouer. Là, non. Et pourtant, il y avait le travail, les amis, les sorties. Depuis deux jours, je ne parvenais pas à me distraire, je pensais à elle tout le temps.

« Mon chéri, si tu te sens si mal, c'est que cette année a été très rude. Tu as sans doute besoin d'aide.

— Je ne suis pas fou, maman, je sais gérer.

— Je sais bien que tu n'es pas fou, mais tu as besoin d'aide. »

Je ne savais pas trop ce que ça voulait dire « avoir besoin d'aide ». De l'aide pour quoi ? Lola me suffisait. Mais je ne le lui ai pas dit tant je sentais que ça ne servait à rien.

À la place, je l'ai laissée avancer un peu devant moi, et je me suis amusé à dire très vite « Lola » à voix basse, plusieurs fois de suite. À force de le répéter, ça se transformait en « Lalo ». Je trouvais ça rigolo.

Quand elle était dans mes bras, on jouait de temps en temps à ce jeu-là avant de dormir. Mince ! Les souvenirs poussaient de partout dans ma tête comme le chiendent entre les rainures du caniveau. Je n'arrivais pas à m'en débarrasser, ils revenaient sans cesse.

Lorsque quelque chose n'allait pas, Lola me faisait des grimaces. J'adorais ses grimaces. Elle louchait et poussait son menton vers l'avant. Je trouvais cette laideur scandaleusement adorable, et aussitôt je me sentais mieux. D'une grimace, elle dédramatisait le monde.

Tandis que je marchais, ça a recommencé : la boule immense. J'essayais de reprendre ma respiration, sans succès. Alors j'ai inspiré longuement puis expiré. J'ai recommencé plusieurs fois, et ça m'a calmé.

Puis mon téléphone a vibré. Lola ! J'ai décroché, paniqué, heureux, bouleversé.

« Allô ? »

Elle voulait savoir comment j'allais. Je lui ai répondu que je l'aimais et qu'elle me manquait. Mais j'ai aussi dit que je comprenais, que je ne lui en voulais pas, que je ne souhaitais surtout pas lui reprocher quoi que ce soit, ni lui mettre la pression – ce qui était un moyen de pression. Elle m'écoutait, sans trop répondre, un peu glaçon.

Je lui trouvai la voix morte, le ton désagrégé, un grain de pluie sur la langue. On m'aurait révélé qu'il ne s'agissait pas d'elle, mais d'un duplicata, je n'aurais pas été surpris outre mesure. Ses « oui » ou « non » secs m'affolaient.

Après m'être épanché imbécilement, je lui ai demandé comment elle se sentait. « Mal », a-t-elle prononcé. Oh ! Lola ! Si tu te sens mal, viens donc dans mes bras ! Autour d'elle, il y avait un ronronnement, le métro ? Brutalement, elle a claqué un : « Il faut qu'on s'organise pour que je te rende tes affaires. » J'étais sonné.

J'avais peur de cette valise. La récupérer revenait à lui faire définitivement mes adieux. Après un silence, je lui ai proposé de passer la prendre immédiatement (j'avais tellement envie de la voir, mais ça, je ne l'ai pas dit). Malheureusement, elle a refusé, elle dînait avec son père. Elle a ajouté qu'elle m'entendait mal et qu'on se rappellerait. « D'accord, je t'embrasse. » Et ça a raccroché.

Le « plus tard » m'a semblé aussi vaste que la forêt qui m'entourait, et aussitôt la boule est remontée dans ma gorge.

« C'était elle ? a demandé ma mère.

— Oui.

— Et ?

— Bah rien. Elle veut me rendre mes affaires. »

Puis les larmes sont revenues. Un sanglot d'enfant impossible à tarir. Je m'essuyais les joues avec les manches, en bégayant : « Je comprends pas, je comprends pas. » J'ai alors senti les bras de ma mère autour de moi. Et j'ai continué à pleurer. Je ne sais combien de temps ça a duré

Au bout d'un moment, je me suis calmé. « Ça fait du bien de pleurer », m'a dit ma mère. Je me sentais fatigué. Honteux aussi. J'ai repensé au chapitre « Pleurer » de *Fragments d'un discours amoureux* de Roland Barthes : « En pleurant, je veux impressionner quelqu'un. » Ce quelqu'un, c'était moi ! Je voulais donner corps à ma tristesse pour la regarder de l'extérieur, devenir spectateur de ma douleur.

« Vous avez un petit fond dépressif », m'avait expliqué un psy. « Cela ne veut pas dire que vous êtes dépressif, rassurez-vous. » Je trouvais jolie l'image du « petit fond », quelques gouttes de curaçao diluées dans un beau verre à pied.

Le ciel azuré s'est déformé en une vague écume orangée. Et aucune trace du chat nazi. On n'y voyait plus grand-chose, le bois devenait inquiétant avec ses ombres grandissantes.

J'ai dit: « Je crois qu'il faut rentrer maman, ça ne sert plus à rien.

— Encore quelques minutes. »

Puis la nuit est tombée. Au loin, on pouvait entendre la musique assourdissante de Bagatelle, grande boîte de nuit à ciel ouvert. La soirée avait débuté. Je me suis dit que je pourrais y passer pour me défouler, boire et oublier.

« Maman, ai-je dit doucement. Franchement, là, ça ne sert vraiment à rien. C'est dangereux, même.

— Tu as raison. »

Nous nous sommes dirigés du côté plus rassurant du bruit et des voitures, à deux ou trois cents mètres de nous.

« Tu reviens m'aider demain ? m'a demandé ma mère.

— Je t'avoue que je ne me sens pas en forme…

— Justement, ça te fera du bien de marcher dans la nature ! »

J'ai repensé à tous les préservatifs que j'avais vus aujourd'hui, et j'ai souri : « On verra demain, d'accord ?

— Je reprends mes recherches en milieu d'après-midi, après ma tournée. Ça me ferait plaisir que tu m'accompagnes. »

Le ciel avait viré au noir, vierge d'étoiles. Ma mère saluait d'un geste discret ses amies transsexuels. Chaque fois, elles lui répondaient par un sourire et surtout de grands mouvements de la main. Il s'agissait aussi pour elles de se manifester sans risquer d'être accusées de racolage, m'a-t-elle expliqué.

Dans l'ordre d'apparition, ce furent Stefania, La Gorda, Anastasia, Mickael, Tatiana, Carole et Joëlle. Après le feu à droite, elle m'a désigné l'une des plus âgées encore en action, Jocelyne, la soixantaine passée, assise sur une chaise pliante en plastique, au bord de la route.

« Elle n'est pas à la retraite ? » ai-je demandé, sans réfléchir au concept de retraite pour une prostituée.

« Non, pas du tout. Elle le pourrait, je crois. Elles mettent toujours un peu de côté, pour après. Mais Jocelyne continue de se prostituer. Tu sais pourquoi ?

— Non.

— Un jour, elle m'a dit : "Moi maintenant, toutes les passes que je fais, c'est pour les chats. J'allais pas rester chez moi à la retraite et les laisser crever de faim!" C'est formidable! Tu imagines cette générosité! Je l'admire!»

Pour la première fois, j'ai regardé ma mère comme si je comprenais enfin nos différences.

«Tu vois tous les chats cachés derrière sa chaise? Ce sont les siens. Elle en a au moins dix! Viens, je vais lui demander si elle n'a pas vu Adolphe.»

Jocelyne nous a salués poliment avant de répondre que non, malheureusement, elle ne l'avait pas vu.

«Je suis désolée pour toi, Élise. Peut-être qu'un connard d'automobiliste lui est passé dessus.

— Ne parle pas de malheur! Ça va toi? Pas de problème avec les tiens?

— Non, ils sont en forme. Mon seul souci c'est que Corinne est en cloque.

— Mince, tu ne l'avais pas fait stériliser? C'est quelle chatte?

— C'est pas une chatte, c'est ma nièce.

— Ah! pardon. Dans ce cas, félicitations!

— Oh non! Au contraire, ça me fait chier cette histoire! À cause de ça, sa mère, enfin ma sœur, m'emmerde. Comme je suis célibataire, elle me fait toujours la leçon pour que je fasse de sa fille mon héritière. Mais moi, je veux tout léguer à Brigitte Bardot pour les animaux!

— Je comprends.

— Pourquoi je filerais tout à sa fille? Ma sœur me dit que c'est dur pour les jeunes maintenant, avec la crise, le chômage. Non mais attends! L'autre jour, j'en ai eu ras le bol de ses jérémiades! Tu sais ce que je lui ai dit ? “Ta fille, si elle est dans la merde, elle a qu’à faire comme moi : des pipes !” »

La chaleur du jour s’était muée en une tiédeur aimable. J’ai pensé que le retour à vélo serait agréable. Faute de borne pour le garer, je l’avais laissé accroché tout l’après-midi à une grille des Jardins de Bagatelle ; je me demandais combien ça allait me coûter, oh et puis tant pis, au point où j’en étais…

Je m’imaginais pédaler toute la nuit à travers Paris. Oublier, oublier, oublier, voilà ce qu’il me fallait.

Sur le parking, devant les Jardins, ne restaient plus qu’une poignée de voitures. J’ai raccompagné ma mère à la sienne, et nous nous sommes dit au revoir. Elle avait l’air tellement triste que j’ai cédé : « D’accord, je viens demain.

— Merci ! Merci beaucoup, mon chéri ! Si tu savais comme ça me rassure !

— Mais tu sais, maman, je ne pense pas qu’on le retrouvera.

— On ne sait pas tant qu’on n’a pas essayé ! »

Impossible de rentrer chez moi. La boule dans le ventre avait encore gonflé. Je suffoquais sur mon vélo, sans savoir où aller. À la porte Maillot, je me suis arrêté. J'ai passé un coup de fil à Alex : « Tu veux boire un coup ? Je peux pas être seul. »

On s'est donné rendez-vous rue Montorgueil. Il me fallait du bruit, de la vie, voir des filles, m'en abreuver, comme si, au détour d'un regard, je pouvais retomber amoureux...

J'ai pédalé comme un fou, attiré par la foule, pressé d'être fatigué. J'avais mal aux jambes, mais je me répétais qu'au moins, ce soir, je dormirais.

Il m'a fallu à peine quarante minutes pour rallier le centre de Paris. J'ai garé le vélo à une borne, puis, en terrasse, j'ai commandé un verre de blanc. Facebook, Instagram, Twitter : en attendant Alex, j'ai aspiré un peu de la vie des autres. Enfin, Alex est arrivé. On s'est fait la bise, puis j'ai soufflé toute ma tristesse. Il m'a demandé : « Tu vas comment ?

— Mal. »

Je lui ai expliqué que je ne comprenais pas ce qui m'arrivait, que je ne parvenais plus à gérer la douleur. Alex m'a patiemment écouté ne parler que de moi. La tristesse est une toute petite pièce pleine de miroirs.

Quand le flot s'est tari, une bouteille de pouilly-fumé plus tard, il m'a dit : « Tu as fini ? Alors maintenant, respire : inspire et expire, lentement. Tu te sens noyé ? Eh bien, sors la tête de l'eau.

— Mais c'est elle mon oxygène !

— Faux ! Tu as pu respirer sans elle, et tu parviendras à respirer après elle.

— Mais y a un truc qui cloche… J'ai l'impression qu'elle fait une dépression, qu'elle se punit.

— Ah oui ? Et tu peux y faire quoi ?

— Mais elle m'aime, elle est heureuse avec moi. Je sais que j'ai raison, bordel ! »

Alors Alex m'a expliqué qu'il ne s'agissait pas d'avoir raison, qu'au contraire la raison m'empêchait d'accepter la séparation : « Lola et toi, c'est terminé. Terminé. TERMINÉ ! »

Ça m'a fait bizarre.

Terminé ? Vraiment ? Mais il y a trois jours encore… Le plus étrange était que notre relation n'avait pas même eu le temps de se détériorer. Je n'avais vu aucun des signes annonciateurs : les disputes idiotes, les soupçons imbéciles, le désintérêt.

La surprise a sifflé comme une claque. Terminé ?

On a commandé une seconde bouteille. Les muscles tripotés par l'alcool ont fini par s'attendrir, mon dos droit s'est courbé, je me détendais enfin. On a parlé d'autre chose. De sa relation à lui, avec

Clothilde. De son travail. Du mien. On a parlé des femmes en général et on a soupiré tous les deux.

Puis la terrasse s'est peu à peu vidée. J'ai senti qu'Alex voulait rentrer. Il n'avait pas peur de rentrer, lui ; quelqu'un l'attendait dans le lit.

Dimanche matin, 8 heures et demie. Le vide, l'absence, l'apnée. J'ai détesté le soleil d'être aussi beau et rond. Impossible de me rendormir.

J'ai allumé la télé, ouvert les fenêtres. Il me fallait du bruit. Terminé, Lola, Adieu ! Va-t'en !

Allongé sur le lit, j'ai ouvert mon ordinateur, et tapé « chat nazi » sur Google. L'écran a affiché des photos en noir et blanc de SS posant avec des chatons, les caressant ou les tenant affectueusement dans leurs bras. Ça devenait complètement absurde. Sur un des clichés, un chaton donnait un coup de patte à une grenade pendue à la ceinture d'un soldat. J'étais écœuré.

J'ai pris une douche rapide, puis enfilé un jean et un T-shirt et je suis sorti.

Le soleil était déjà haut, et sa chaleur, épaisse comme un manteau, m'est tombée dessus d'un coup. J'ai marché avec peine, un peu au hasard des rues. Les boutiques étaient fermées, c'était désespérant.

À nouveau, j'ai loué un vélo. Fuir sans destination.

Lorsque je m'arrêtais à un feu rouge, j'observais les passants. Aussitôt, je distinguais les couples et les enviais. Les détestais. Pourquoi eux et pas nous ? Ce soleil, il nous appartient autant qu'à eux, Lola !

Je pédalais sans savoir où me rendre. La bouillie invisible concoctée par le mélange de chaleur et de fumée des pots d'échappement me piquait la peau, j'avais envie de me gratter, ça devenait insupportable. Je me suis arrêté au niveau de la colonnade du Louvre, à l'ombre du chemin menant à la cour Carrée.

Après avoir attaché le vélo, je me suis assis sur une marche, collant mon dos contre la pierre froide. Je n'avais plus envie de bouger, j'attendais un courant d'air en agitant machinalement le col de mon T-shirt.

C'est à ce moment-là que j'ai commencé à penser à la valise, qui dormait dans son entrée, en me demandant de quelle manière je pourrais la récupérer. Il s'agissait surtout d'un symbole : un peu de moi chez elle, un lien, futile peut-être, mais enfin un lien quand même, et si je voulais véritablement accepter la séparation, il me fallait rompre celui-ci absolument.

Il m'a fallu un quart d'heure pour me décider : Lola déposerait ma valise en bas de mon immeuble, chez le gardien. Ainsi, on ne se croiserait pas. Elle voulait rompre ? Qu'elle assume !

Sur ce, j'ai repris le vélo, revigoré. Malheureusement, à travers les rues de Paris, mes pensées se sont à nouveau emballées. Je me suis demandé si elle ne m'avait pas trompé. Si, en ce moment même, elle n'était pas blottie dans les bras d'un autre. Ça m'a fait mal, bon sang, envie de vomir fort, et un bus a failli me percuter parce que je ne faisais pas attention, alors j'ai décidé de m'arrêter. Mes mains tremblaient, je ne parvenais plus à tenir le guidon, merde, merde, merde, comment on fait dans ces moments-là ? J'ai soufflé plein de fois, mais ça m'a donné mal à la tête. L'haleine coupée, je me suis arrêté à nouveau.

J'ai eu envie de prendre mon téléphone, d'appeler à la rescousse un couple d'amis. Mais l'idée de devoir affronter leur misérable bonheur me découragea. Je me voyais déjà devant eux, mari et femme heureux, attablés pour le petit-déjeuner à une terrasse ensoleillée, et je les entendais : t'en fais pas, un type comme toi va forcément retrouver quelqu'un avec qui il parviendra à faire sa vie et être heureux (curieusement, ils dissociaient les deux) ; t'as le temps devant toi, t'es un mec super, vraiment, c'est sincère ; moi, par exemple, quand je me suis séparé, j'ai déprimé pendant un moment, mais regarde, maintenant, je suis le plus heureux des hommes ; tu ne manges pas ? tu devrais, ça te ferait du bien, tu sais…

Puis j'ai reçu un texto de Lola :

— Coucou. J'espère que ça va. Tu veux que je te dépose ton bagage aujourd'hui ?

J'ai détesté ce message. J'aurais pu le cracher tellement il suintait la condescendance. Mais comme je suis lâche, j'ai répondu :

— Oui. Mais avant 14 heures parce que j'ai un truc après.

— Je peux être chez toi à midi, ça te va ?

— Oui.

Il me fallait me confronter à ses yeux défunts d'amour. Si j'avais pu convoquer un huissier afin d'établir le constat de décès de notre amour, je l'aurais fait : « Plus de flamme dans les yeux… Je note que les mains de mademoiselle restent froides… Évidemment, elle ne vous embrasse plus et garde la distance rigoureuse d'un pas et demi entre vos deux corps. Je vous le confirme, votre histoire est bien terminée. Vous me devez cent cinquante-deux euros. »

Rentré chez moi, j'ai passé un moment sous la douche, puis j'ai rangé machinalement mon appartement, ouvert les fenêtres, et j'ai patienté. L'espoir, pernicieux, rôdait. Il me chuchotait qu'elle s'était trompée et qu'elle m'aimait.

Fou. L'idiot qui reste devant sa fenêtre, en s'inventant des scénarios.

« Je suis enceinte et j'ai eu peur que tu ne veuilles plus de moi. »

« J'avais besoin de tester ton amour, je t'aime. »

« Je t'ai trompé, j'avais peur de ta réaction, pardonne-moi et aime-moi. »

« Je me suis vengée pour tout le mal que tu m'as fait ! »

« Je suis tombée amoureuse d'un autre, désolée. »

Enfin, la sonnerie de mon téléphone a interrompu mes élucubrations. Lola : « Je pars, j'arrive dans trente minutes.

— Si tu veux, tu peux laisser la valise chez le concierge.

— Non, je préfère monter, ce serait limite impoli…
— Bon d'accord, à tout de suite. »

Je l'ai guettée, puis suis descendu la chercher. Elle tenait ma valise, moi un tableau que je lui avais offert. Je l'ai trouvée très jolie. On s'est pris dans les bras, j'ai serré fort, elle aussi. Elle sentait bon. Avait-elle changé de parfum ?

« Tu veux boire un verre ? » J'ai dit d'accord, mais que je devais monter la valise ainsi que le tableau, parce qu'on n'allait tout de même pas se balader avec dans la rue. J'irais rechercher le tableau après pour le lui rendre. Elle m'a aidé à tout monter, elle est même entrée dans l'appartement, et finalement, elle a dit qu'on y serait peut-être mieux pour discuter.

J'essayais de lui cacher mes mains qui tremblaient. Je lui ai demandé comment elle allait, elle m'a dit « Bof, et toi ? », j'ai dit « Bof aussi », et on s'est souri. Elle s'est assise sur le garde-corps de la fenêtre. Je me suis installé à côté d'elle et l'ai prise dans mes bras : on était bien. J'ai un peu sangloté parce que je me sentais triste, ému, et heureux en même temps. Caresse dans ses cheveux.

On a parlé pendant deux heures. Elle a pleuré, moi aussi.

À un moment, elle a dit : « Je repousse le bonheur, j'ai le sentiment de ne pas le mériter. Je dois régler ça… » J'ai haussé les épaules. Elle a aussi expliqué qu'elle comprenait ma peine, qu'elle avait mal pour moi. Je voulus la croire. C'était vraiment une fille chouette.

On dit toujours qu'on *tombe* amoureux. Moi, je suis *devenu* amoureux. Le trajet n'a pas eu la vitesse de la foudre, mais plutôt celui d'une feuille chue d'une branche. Tous les moments passés avec elle étaient bons. Je me sentais libre. Sans m'en rendre compte, je m'ouvrais vers l'avenir, me projetais dans le temps. Et puis un jour, je ne sais comment, je me suis dit que nous pourrions avoir des enfants.

Je n'avais pas envie qu'elle s'en aille, mais elle m'a paru fatiguée. Ça fait mal d'être quitté, mais peut-être encore plus de quitter ; la douleur est moins infernale que la culpabilité. Je comprenais ses raisons sans pour autant les accepter. On ne peut pas aimer complètement quelqu'un d'autre quand on ne s'aime pas soi-même.

J'ai réclamé encore quelques minutes. J'ai fait des blagues, elle a ri, on s'est embrassés. Elle a commandé un taxi, et lorsqu'il est arrivé, on est descendus tous les deux, avec le tableau. Je l'ai accompagnée à la porte, on s'est encore embrassés, et je lui ai dit que le jour où elle se sentirait prête, elle saurait où me trouver, qu'elle avait sûrement besoin de temps. Elle m'a répondu « Oui », « Prends soi de toi », « Je tiens beaucoup à toi », et le taxi est parti.

Au revoir.

Quand j'ai senti mon portable vibrer, mon cœur a bondi. Lola ? Non :

« Maman ?

— Je termine ma tournée dans une demi-heure. Tu me rejoins ? »

Devant la grille du parc, sous un ciel bleu asséché, j'ai aperçu ma mère adossée à sa petite voiture. Je ne devais pas avoir l'air très en forme quand je l'ai rejointe, car elle m'a tout de suite demandé : « Comment tu te sens ?

— Bof.

— Ça va te faire du bien de marcher et de prendre l'air, tu verras. Tu veux dîner à la maison ce soir ?

— Non, j'ai déjà quelque chose de prévu, ai-je menti, ajoutant : Je t'avoue que j'éprouve surtout le besoin de voir du monde, de ne pas me retrouver confiné dans un appartement.

— Je comprends. Bon, allons de l'autre côté de l'allée de la Reine-Marguerite, vers Boulogne. C'est pas très loin. Je prends la voiture, tu montes avec moi ?

— Je préfère te suivre à vélo, pour avoir de l'air. »

Parvenus en haut de la route de la Grande-Cascade, elle m'a expliqué qu'elle avait installé là un village de chats deux ans auparavant, mais qu'elle avait été contrainte de l'abandonner parce qu'il était trop éloigné des autres et qu'elle n'avait pas le temps de s'en occuper. Surtout, un jour, des types un peu louches lui avaient fait peur en détruisant une cabane exprès devant elle à coups de pied et en lui intimant de dégager et de ne plus jamais revenir.

« Tu les as revus, depuis ?

— Non, j'évite cette zone. Ils doivent trafiquer des trucs, je pense… Ne prenons pas le risque d'y aller, longeons plutôt cet espace-là. »

Au milieu des arbres, mon regard alternait entre ciel et terre : à chaque pas, je prenais soin d'éviter les rayons blancs du soleil sans oublier de bien lever les jambes pour ne pas trébucher dans les ronces et les herbes hautes. J'étais encore si plein de Lola que je devais accomplir des efforts gigantesques pour me concentrer.

Ma mère criait « Adolphe ! » tandis que je marchais derrière elle en transpirant, hagard. Cette chasse dominicale au chat nazi me pesait déjà. C'était voué à l'échec. On ne le retrouverait jamais, je le savais au plus profond de moi.

Comment l'expliquer à ma mère ? De temps en temps, elle arrêtait de crier « Adolphe ! » pour me raconter des histoires au sujet des chats des bois ; sur un tel, particulièrement mignon et très intelligent, un autre qui, malgré sa patte abîmée, courait plus vite que tous. Mais ces récits ingénus m'indifféraient, et j'avais trop chaud pour lui répondre.

D'une voix aiguë elle m'a demandé : « Je t'embête ?

— Ne le prends pas mal, mais en fait, je m'en fous un peu de tes histoires de chats… »

C'était sorti d'un coup, spontanément, presque avec douceur. Sans regarder ma mère, j'ai continué d'avancer en balayant d'un revers de main les cheveux mouillés de sueur collés sur mon front.

« Eh bien, pas moi ! a-t-elle crié, outrée. C'est important pour moi, et c'est pour ça que je t'en parle aussi, pour partager quelque chose avec toi !

— Ce n'est pas en me parlant de tes chats qu'on partagera quoi que ce soit ! Tu en fais une obsession ! J'en peux plus des chats ceci, des chats cela, j'ai l'impression que tu vis dans un dessin animé de Walt Disney ! »

Cette dernière remarque lui a fait plus mal que je ne l'aurais cru. Elle a poussé deux « Oh ! » scandalisés, puis s'est exclamée : « Tu veux que je te parle de quoi alors ? Hein ? De toute façon, tu ne me racontes rien, tu ne me dis jamais si ça va ou pas !

— Bah ça va pas, non, je te l'ai dit je crois.

— Eh quoi ? Ce n'est pas la fin du monde, non plus ! Tu n'as que trente et un ans ! Tu la connaissais depuis combien de temps, cette fille ? Un an et demi ? Tu en rencontreras d'autres, va, c'est certain !

— Tu me fais chier ! » ai-je hurlé, en crachant toute la chaleur autour de moi.

« Arrête de crier, tu vas faire fuir les chats ! » fut tout ce qu'elle trouva à me répondre.

Son regard s'était embué de tristesse. J'ai inspiré et expiré à plusieurs reprises, pour me calmer. Après une pause, elle a dit : « Je comprends que tu aies du chagrin. C'est normal. Mais pas la peine de te défouler sur moi. Je suis contente que tu sois là. Mes histoires de chats ne sont peut-être pas folichonnes, mais dans ce cas, parle-moi de toi, ça me changera des oui et des non. Tu me traites comme une étrangère, mais je suis ta mère, ne l'oublie pas. »

J'allais encore m'agacer lorsque je me suis surpris à lui raconter tout simplement Lola. Comment on s'était rencontrés par hasard un soir dans un bar à Marrakech. Comment on s'était embrassés, puis revus à Paris, en s'affublant du surnom improbable de « Bobby » pour ne pas mélanger le corps et les sentiments. Pourtant, des sentiments, elle en a éprouvé au bout d'un moment.

De mon côté, j'étais trop accaparé par mes propres problèmes pour me rendre compte que je me rapprochais d'elle. J'avais la tête ailleurs, persuadé d'attendre un bonheur pourtant déjà fané. « J'étais idiot, maman ! Je crois qu'à l'époque, je devais apprendre à vivre. Je suis tellement maladroit dès qu'il s'agit de sentiments. »

Tout en marchant, elle écoutait attentivement sans m'interrompre. Je ne crois pas lui avoir jamais parlé autant auparavant ; je gardais la tête basse, un peu honteux.

« C'est peut-être pour ça que je te parais si froid. En réalité, je ne sais pas être sincère. L'impression de toujours devoir mentir, faire semblant, jouer un rôle. Le plus étrange, c'est que je ne le fais pas pour plaire, mais pour éviter de déplaire. Je ne veux pas être moi-même. Tu sais pourquoi, maman ? Parce que chaque fois que je me regarde dans le miroir, je reconnais le visage de papa. »

Alors j'ai relevé la tête et croisé son regard. Elle comptait dire quelque chose, mais je l'ai interrompue : « Surtout, ne me fais pas croire que ça va s'arranger.

— Non, ce n'est pas du tout ça. Ce que je veux te dire est tout simple : tu n'es pas ton père ! Bien sûr que vous vous ressemblez, le nez, la bouche peut-être, mais je trouve que tu as mes yeux, et mes oreilles aussi ! Et si ça peut te rassurer, tu as bien moins mauvais caractère que lui… »

J'ai spontanément posé une question que je n'avais jamais osé poser jusqu'alors : « Pourquoi vous vous êtes séparés ?

— Avec ton père, c'était passionnel, mais on n'était pas vraiment prêts. On travaillait tous les deux comme des fous. Il a toujours été fragile affectivement, je veux dire impulsif, exclusif… Je lui en ai voulu, parce que, quand j'ai été enceinte, il m'a complètement mise de côté. C'est après ta naissance qu'il est redevenu celui que j'aimais. Trop tard. Entre-temps, il y avait eu beaucoup de disputes, et il valait mieux qu'on se sépare.

— C'était quoi le sujet de vos disputes ? »

Pendant le silence qui a suivi, elle a semblé faire appel à toute sa mémoire, fronçant les sourcils, les yeux rivés au sol. Puis elle a relevé la tête :

« Je ne peux même plus te dire. On s'engueulait pour un rien. C'est dommage parce que je crois qu'on s'aimait. On devait être trop immatures, j'imagine.

Moi j'étais folle à l'époque, tu te souviens comme je fumais ?

— Oui.

— Moi qui ne supporte plus la fumée… Tu vois, c'était il y a près de trente ans maintenant. C'est fou de ne plus pouvoir trouver de raisons à toutes ces crises… »

Du haut de mes trois ans, je conservais des souvenirs terrifiés de leurs disputes. Cris, hurlements, vociférations… J'avais si peur que j'avais pris l'habitude de m'enfouir sous la couette, ne laissant l'espace que pour un œil inquiet au cas où la situation dégénérerait. « On devait être trop jeunes », a simplement murmuré ma mère, pour couper court aux souvenirs.

Le long de la route, à l'angle de l'allée de la Reine-Marguerite, deux gendarmes à cheval faisaient face à une prostituée, une grande Black aux fesses immenses.

« Je crois que Luciana a des ennuis », a commenté ma mère en plissant les yeux.

— Ils vont l'arrêter ?

— Non, probablement la verbaliser. Je me demande ce qu'ils lui veulent. »

Perchée sur d'immenses talons, Luciana portait un bikini rose fluo. Du haut de leurs chevaux, les gendarmes semblaient la réprimander. Ma mère a tenu à s'approcher afin de pouvoir lui venir en aide le cas échéant. « En aide de quoi ? » ai-je demandé, et pour toute réponse, elle a haussé les épaules.

De plus près, j'ai entendu un des gendarmes, perché sur son beau cheval noir, s'agacer : « Franchement, il y a des familles avec des enfants qui se promènent ici, allez au moins mettre une tenue décente !

— Mais fait chaud ! protestait Luciana.

— C'est pas une raison. Nous, on porte bien des chemises. Allez, dépêchez-vous ! »

Luciana, d'un pas boudeur, est allée se changer à l'intérieur de sa camionnette, tandis que la garde à cheval disparaissait après s'être enfoncée dans le bois par un petit chemin de terre. Ma mère s'est rapprochée : « Tout va bien ? »

Quand Luciana a rouvert la porte, elle portait, en guise de gilet long, un filet de pêche jaune fluo à grosses mailles, à travers lesquelles on voyait clairement son string rose et ses seins.

Se tournant vers ma mère, elle a demandé, le plus sérieusement du monde : « Dis, mon Élise, tu trouves que c'est plus correct pour les enfants ? »

Comme nous pouvions nous y attendre, Luciana n'avait aucun indice à nous donner concernant Adolphe. Elle semblait par ailleurs peu concernée par la question.

« M'en veux pas, a-t-elle soufflé après avoir tiré une bouffée sur sa cigarette. Tu me connais, moi les animaux je les préfère dans mon assiette… Et puis, les chats, je suis allergique, ça fout des poils partout, et j'ai déjà ce qu'il me faut dans ma camionnette ! »

Se fendant d'un large sourire, elle a ajouté : « Tu devrais demander à Gabriela. Elle adore tellement les animaux que je crois qu'elle est devenue végétarienne ! Ce qui ne l'empêche pas d'avoir un plus gros cul que moi ! »

Ma mère a paru emballée : « Mais oui, bonne idée, je n'avais pas pensé à elle ! »

Redescendant la route de la Grande-Cascade, nous avons été pris d'un fou rire en imaginant la tête des familles qui traversaient le bois pour se rendre à l'hippodrome ou un autre endroit chic du quartier et tombaient en chemin sur Luciana et son improbable filet fluo.

« Elle est drôle, Luciana, dit ma mère. Je l'apprécie beaucoup. Elle prétend ne pas aimer les animaux, mais je l'ai déjà surprise en train de donner des morceaux de pain à deux pigeons bisets qui font les cent pas avec elle quand elle attend ses clients. Ils s'y sont tellement habitués qu'ils reviennent tous les jours. Si elle monte dans son camping-car, les pigeons l'attendent en position de repos, comme des chiens ! Tu ne les as pas vus à cause des chevaux qui les ont fait fuir…

— Les gendarmes embêtent souvent les putes ?

— Ne dis pas "pute"…

— Quel mot tu veux que j'emploie dans ce cas ?

— Prostituée.

— Pourquoi ? T'aimes pas le mot "pute" ?

— Je le trouve cassant… On l'utilise en général comme une insulte.

— Bon, je reformule : les gendarmes embêtent souvent les prostituées ?

— Pas eux seulement, la police aussi. Mais ils ne font que ce qu'on leur demande de faire. Le problème vient d'ailleurs, là-haut, la municipalité, la préfecture… Il y a dix ans, un arrêté a été pris pour punir le racolage passif et interdire aux prostituées de se balader sur le trottoir; c'est pour ça que les filles sont passées aux camionnettes. Mais, il y a trois ans, un nouvel arrêté a été pris, cette fois dans le but d'interdire le stationnement des camionnettes dans les allées du bois! Bref, on trouve toujours un prétexte pour les embêter.

— Elles font comment, alors?

— En général, elles conservent quand même la camionnette pour leur sécurité. Tu n'imagines pas le nombre de clients qui essayent de leur piquer de l'argent. C'est assez glauque. Certaines préfèrent retourner sur le trottoir, malgré l'interdiction: la contravention coûte moins cher que celle pour la camionnette.

— Enfin, s'ils font ça, c'est pour une raison, je suppose.

— Tu parles! C'est surtout pour l'image! Tu ne crois quand même pas que ça empêche quoi que ce soit?

— Mais ce n'est pas un travail banal, quand même! C'est violent pour elles! On ne se prostitue pas par plaisir, et si elles avaient le choix, elles feraient autre chose!

— Parce que leur foutre des amendes, ça les aide à s'en sortir peut-être?

— Non, d'accord, mais… les clients aussi sont punis, non?

— Mais ça revient exactement au même, tu ne te rends pas compte! Pour en parler souvent avec elles, je peux t'assurer que ça n'arrange vraiment rien. Punir les clients revient à les punir elles. Tu sais, elles aimeraient avoir un statut de travailleuses comme les autres, avec des fiches de paie, le droit à la Sécu, etc.

— Et celles qui viennent de l'Est ? Elles ont des macs, elles sont forcées, tu ne peux pas dire que c'est un choix.

— Sans doute, mais je les connais mal. Elles sont là la nuit surtout. À mon avis, ce n'est pas en s'attaquant directement à elles qu'on les aidera. Le mac s'en fout qu'elles aient des amendes, tant qu'elles leur rapportent ce qu'ils réclament.

— Mais ça leur donne probablement envie d'arrêter.

— Ben voyons ! Et comment ? En déclarant d'un coup : "J'arrête" ? Si on veut, on peut, c'est bien connu, c'est ça ? Bientôt, tu vas me dire que c'est par facilité qu'elles ont choisi cette voie ? »

J'allais lui répondre que pas du tout, lorsqu'un joggeur dégoulinant de sueur a croisé notre chemin. Il nous a jeté un regard plein de suspicion. Ma mère et moi devions former un tandem choquant à ses yeux, genre vieille pute - jeune client. Honteux, je me suis tourné vers ma mère en prononçant de manière distincte : « Ça va, maman ? » Il fallait bien prouver que notre relation était exclusivement familiale ! « Bande de pervers », a tout de même grogné le joggeur avant de disparaître derrière un fourré.

« Tu vois, c'est mal vu », a dit aussitôt ma mère, résignée, en haussant les épaules. « On les traite comme si elles étaient des pestiférées. Cet abruti de père la vertu, je te parie qu'il est déjà allé en voir. Contrairement à ce qu'on peut croire, c'est plutôt les bourgeois qui viennent tromper bobonne dans les bois. Des médecins, des avocats, des types friqués. Une fois, j'ai même vu un homme politique, un député, monter dans la camionnette d'Alexia. Après, ils font les fiers, nous prennent de haut. Ils méprisent ceux du bois comme s'ils venaient d'un monde supérieur, mais tu sais, un jour, peut-être qu'ils seront obligés d'en faire partie de ce bois, on ne sait pas ce que la vie nous réserve, et ils seront bien contents de pouvoir venir trouver refuge ici ! »

Elle m'a paru irritée. Je connaissais cet agacement, pour en avoir été le témoin à plusieurs reprises depuis mon adolescence. C'était celui d'une personne qui avait réussi à s'élever socialement, quittant sa banlieue pour intégrer une grande école, où les étudiants des beaux quartiers la traitaient de prolo ; d'une personne qui avait travaillé comme une folle et obtenu son diplôme avec les félicitations, lui permettant d'être embauchée à un poste à responsabilités haut placé, réservé habituellement aux hommes. Il s'agissait de l'agacement d'une femme qui avait connu une belle ascension professionnelle durant quinze ans, avant de se faire brutalement éjecter par la crise, découvrant subitement le chômage, recommençant les entretiens ; d'une femme qu'on avait jugée soudain trop âgée, comme une comédienne à qui l'on n'aurait plus de rôles à proposer, ou alors des postes moins clinquants, qu'elle avait refusés d'abord par fierté avant finalement d'accepter, parce qu'il faut bien manger. Et voici ce qu'elle était devenue, à quarante-sept ans : l'assistante d'un type qui avait fait la même école qu'elle, l'assistante d'un type à peine plus âgé qu'elle, l'assistante d'un type qui la regardait de haut et qui lui avait lancé, en guise de plaisanterie, à la fin de la journée : « T'imagines, on a fait la même école et tu es mon assistante ! » Elle avait balancé une gifle au type plus âgé, claqué la porte de l'entreprise, et pointé au chômage à nouveau. L'agacement d'une femme qui avait découvert un matin des chats abandonnés dans le bois, des chats qui avaient besoin d'elle, alors elle avait commencé à leur apporter à manger une fois par semaine, puis deux, et de fil en aiguille avait trouvé un autre groupe de chats, et encore un... Tant pis ! Rayez-la de la liste, de toute façon, on ne lui propose que des postes d'assistante ou de secrétaire. Elle qui s'était battue pour faire sa grande école, être l'égale des autres, malgré son père à l'usine et sa mère à la mercerie, refusait de travailler sous les ordres d'un type moins qualifié qu'elle, voilà tout. C'était quoi cette blague ? Elle avait terminé major de sa promo, mais elle préférait encore nourrir les chats dans le bois, tranquillement, sans personne pour l'humilier !

Le bois comme cachette ! C'est que, au-delà de leur fonction nourricière, les bois ont toujours servi d'asile. Le bois de Boulogne, cerné par la vie citadine, ne fait pas exception. Durant la guerre de Cent Ans, il avait servi de repaire aux brigands, puis, à la Révolution, avait été utilisé comme refuge par les proscrits traqués sous la Terreur. Pendant la Seconde Guerre mondiale, des soldats allemands y avaient abattu trente-cinq jeunes résistants à la veille de la libération de Paris.

Désormais, au XXIe siècle, le bois servait de planque

à ma mère ; à l'abri des regards de la société, camouflée derrière les sycomores et les chênes rouvres, elle n'était pas jugée ni soumise aux ordres de qui que ce soit : elle faisait partie de ces irréductibles qu'elle désignait elle-même par l'intrigant « ceux du bois ».

De loin, ma mère a pointé du doigt la camionnette blanche de Gabriela. Tandis que nous approchions, j'ai aperçu, derrière les fourrés, une forme humaine accroupie. Ma mère a paru étonnée : « Je crois que c'est Gabriela. » Je lui ai répondu que nous ferions peut-être mieux de ne pas la déranger, qu'elle devait être « occupée », insistant bien sur le mot « occupée », mais elle a ignoré ma remarque. Sûre de son fait, elle m'a fait signe de la suivre, et nous avons quitté la route pour nous aventurer dans le bois.

Plus nous nous approchions, plus il me semblait entendre un couinement étrange que je ne parvenais pas à identifier. « Maman, elle est en train de… », ai-je chuchoté avec gêne, consternation, amusement, et imbécillité. Ma mère m'a fait non de la tête, a fait deux pas supplémentaires et a murmuré : « Gabriela ? Tout va bien ? »

La forme accroupie s'est relevée lentement puis s'est retournée. Elle avait le teint pâle, les cheveux blonds, les lèvres épaisses, et du poil au ventre. Elle portait un collier en fer-blanc au bout duquel pendait un crucifix qui retombait sur son immense poitrine. Les yeux bleus embués de larmes, elle a bafouillé « Oh, Élise ! » et s'est jetée dans les bras de ma mère.

Comme avec Alexia la veille, je restais à l'écart, gêné, empoté. Ma mère chuchotait en boucle : « Qu'est-ce qui se passe, raconte-moi… », tout en caressant sa perruque. Entre deux hoquets, Gabriela a expliqué qu'elle venait d'apprendre le décès de sa tante, malade depuis deux ans. « Je n'ai même pas pu la révoir… », gémissait-elle avec douleur. « Je n'ai pas pu lui dire au revoir, elle vit… vivait… au Brésil. »

Le chagrin de Gabriela s'est mué en colère, les poings serrés : « *Caralho !* Pourquoi l'avion ça coûte si cher ? »

Ce n'est qu'après avoir repris ses esprits que Gabriela a semblé remarquer ma présence. Elle a froncé les sourcils, interloquée. « C'est mon fils », a sobrement commenté ma mère. « *Bom dia…* », a dit Gabriela en me tendant la main. « Il m'aide à chercher un des chats que je ne trouve plus, Adolphe. C'est un chat blanc un peu vieux qui a une tache noire juste sous la truffe. Tu ne l'aurais pas vu par hasard ? »

Gabriela a pris un instant pour réfléchir : « Pas certaine qu'il y soit, mais oune groupe de chats traîne plus loin, avant la cascade, et j'ai déjà vou oune chat blanc parmi eux. Sont sauvages ; quand j'ai le temps, je leur laisse des choses à grignoter. Mais je peux pas dire si lé chat blanc a oune tache noire sous le museau, pas la vue pour ça. »

Ma mère l'a remerciée : elle reprenait espoir. Nous

allions quitter Gabriela lorsque cette dernière a proposé que l'on se recueille un instant à la mémoire de sa tante. J'ai fait les gros yeux à ma mère. Hors de question, c'est ridicule, tu es d'accord, n'est-ce pas ?

Je gardais la tête baissée, les yeux mi-clos, pantomime du faux croyant. Gabriela, à notre gauche, parlait très vite en portugais. Je ne comprenais rien à ce beau chant lusitanien, mais, contrairement à ce que j'avais pu craindre, je n'éprouvais aucune honte.

Le dernier enterrement auquel j'avais assisté était celui de mon père. J'avais accepté assez facilement sa mort, probablement parce que je n'avais pas réalisé. Ce qui m'avait aidé, c'étaient les lettres dorées qui composaient ses nom et prénom gravés sur la tombe. Chacune d'elles m'avait coûté seize euros. Le type des pompes funèbres me les avait chaudement recommandées, m'expliquant que c'était fait main et que ça résistait mieux que celles ciselées à la machine. Ça valait le coup, vraiment, et j'avais dit d'accord. Enthousiaste, le funèbre commercial avait ajouté : « Souhaitez-vous que nous gravions aussi les deuxième et troisième prénoms du défunt ? »

Ces glyphes dorés m'avaient permis de me faire à l'idée de la mort. Ils certifiaient sa disparition, la contractualisaient, comme un sceau apposé au bas d'un accord. Non, mon père n'était pas parti en voyage, il ne reviendrait pas : il se trouvait là, sous la terre. La preuve, il y avait des lettres gravées qui scellaient son sort, avec le prénom, le nom et la date, à la manière d'une plaque fixée sur un monument historique, institutionnalisant le passé dans un carré marbré.

Gabriela ne verra pas la tombe tout de suite. Rentrer au pays coûte cher, et puis elle ne peut pas quitter son spot comme ça. « Tu comprends, d'autres lui piqueraient sa place ! » m'a expliqué ma mère plus tard. Il lui fallait vivre son deuil dans les bois, loin des siens, en tentant de retrouver la paix. Parce que le deuil est une guerre secrète, avec son armée de souvenirs capable de raids multiples : elle vous harasse à chaque instant, sans répit, utilise vos faiblesses en prenant la forme d'un bruit, d'un lieu ou d'une photographie ; elle se glisse dans la bouche de vos proches, fait le siège de vos habitudes, brûle vos nuits et dévaste chaque sourire. Pour la combattre, on ne peut que se ranger sous la bannière du temps. Il s'occupera d'user les armures, d'émousser le tranchant des armes, il enfantera de nouveaux souvenirs, alors c'est long, d'accord, mais je suis sûr que grâce à lui, un jour, on obtient la paix. Enfin j'espère.

Le chant a pris fin. J'ai rouvert les yeux. Sur le visage de Gabriela, deux grosses larmes, gouttes de pluie lacrymales, mais aussi un sourire calme. Elle a ponctué sa prière par « Amen ». Ma mère a aussitôt répété « Amen ». J'ai reçu un coup de coude, et j'ai dit à mon tour « Amen », sans y mettre aucune foi.

Je suppose qu'elle a tourbillonné plusieurs fois avant de se décider. Elle a attendu le bon moment, patiemment. Les scientifiques ne me feront pas croire qu'il n'y a pas un peu de vice là-dedans. Il lui a suffi d'un quart de seconde pour plonger dans l'espace libre entre le col de mon T-shirt et ma nuque. J'ai senti un minuscule pincement dans le haut du dos. À peine ai-je eu le temps de me secouer que la bête s'était déjà envolée.

Ça m'a aussitôt gratté, mais impossible d'atteindre l'épicentre de ma démangeaison : mes doigts, trop courts, restaient coincés aux abords de celle-ci, frustrés, agacés, pinçant ma peau, tirant dessus en enfonçant leurs ongles. Et sous cette chaleur en plus, infernale, qu'est-ce que je fichais ici ?

J'imaginais Adolphe paisiblement allongé dans l'herbe fraîche, à se lécher l'entrejambe histoire de tuer le temps. Soudain je l'ai détesté : abruti de chat ! matou miteux, et grincheux, qui refuse les caresses ; je comprends pourquoi tu as été abandonné, même pas capable de reconnaître ton prénom après quatre ans ! et dire qu'elle t'a donné des croquettes tous les jours, sous la pluie, le vent ou le soleil brûlant ! Sois un peu redevable ! Tiens, tu sais quoi ? tu ne vaux pas mieux que Lola ! Allez dans le même panier, égoïstes ! Vous ne voyez pas ce que les autres font pour vous ? tout ce qu'ils sacrifient ? non, vous ne pensez qu'à votre confort, n'est-ce pas ? et vous nous brisez après nous avoir bien utilisés, hein, Lola ? Tu t'es battue pour que je tombe amoureux de toi ! Tu as fait la danse du ventre ! Et après, lorsque j'ai baissé la garde, tu t'es lassée, c'est ça ? Bah ! tu sais quoi, Lola ? je ne veux plus de toi, je m'en fiche de vous ; allez vous perdre, toi et Adolphe ! vous serez bien tous les deux sur votre île d'égoïstes ! je suppose que vous trouverez d'autres imbéciles à cornaquer !

Je baragouinais *in petto*, pestant contre Adolphe, Lola, et la vie en général. Râler me permettait de croire que je n'étais responsable de rien, ou alors de si peu. J'écrasais les feuilles comme on écrase ses ennemis. La colère m'allait mieux que la tristesse, elle m'animait, me rendait vivant, je pouvais m'en inspirer pour tout. Que ce soit sain ou pas, je m'en fichais au moins autant que de manger bio. Il fallait simplement que je parvienne à la focaliser sur une victime expiatoire, quelle qu'elle soit.

Au bureau, j'incriminais souvent une porte qui avait tendance à trop claquer, je me mettais en colère, je l'insultais, quelle abrutie, conne de porte. Il m'était même arrivé, un jour où elle avait trop claqué à mon goût, de lui filer un coup de pied de rage, oui, aussi ridicule que cela puisse paraître, on peut dire que je me suis bagarré avec une porte!

Ma mère a choisi ce moment pour m'indiquer qu'il fallait bien regarder où poser les pieds, parce que nous pénétrions dans le coin des scatos.

J'ai écarquillé les yeux: « Pardon?

— Les scatos! Les types qui se regardent en train de faire des trucs scato…

— Mais comment tu sais ça?

— Parce que je suis venue par ici à une époque nourrir des chats…

— Mais c'est dangereux, maman! Enfin, ce n'est pas possible, tu ne peux pas traîner dans des coins pareils! Tu cherches les ennuis ou quoi?

— Ne t'inquiète pas, je suis prudente. Mais tu sais mon chéri, ils s'en fichent un peu, de moi, ils ne sont pas là pour ça. »

J'étais abasourdi. Plus je m'enfonçais dans le bois, plus j'avais l'impression de découvrir un nouveau cercle des Enfers. Et ma mère se promenait allègrement en son centre, heureuse Eurydice libérée d'Orphée, ne voyant pas les dangers dans lesquels elle mettait les pieds, obsédée par des matous affamés qui lui faisaient chaque jour une cour effrénée.

Comment pouvait-elle se retrouver dans des situations pareilles? Inconsciente des périls? Et tout ça pour nourrir des chats!

J'ai essayé de le lui expliquer, gentiment, tout en me grattant. Mais elle m'a répondu qu'elle ne pouvait pas laisser les chats sans nourriture. « Maman, tu prends des risques, tu comprends ? Ce sont juste des chats !

— Ils ont besoin de manger eux aussi.

— Maman ! Qu'est-ce que tu ne comprends pas dans ce que je te dis ? Ce sont des chats ! Tu saisis ? Des chats ! Ça vaut la peine de risquer sa vie pour des chats ?

— Eux au moins ont besoin de moi ! » a-t-elle enfin lâché.

Il y avait un reproche dans ce cri, beaucoup de désespoir aussi. Son visage avait viré au rouge et elle a ajouté d'une voix cassée : « C'est vrai, je ne dis rien, mais quand je t'appelle j'ai l'impression que je t'embête ! »

Alors je me suis excusé. Je lui ai dit que ce n'était pas du tout ça, qu'elle comptait énormément pour moi. Je lui ai expliqué que j'avais du mal à exprimer mes émotions, que j'étais probablement trop pudique, que j'avais toujours été comme ça. Je me suis rapproché d'elle à mon tour pour lui faire un bisou.

« Depuis que ton père est mort, tu es encore plus distant, je ne te vois presque plus ! Tu ne peux pas savoir toute la peine que j'ai eue de ne pas te voir à Noël toutes ces années. Je comprends que tu les aies passés avec ton père et tes frères, mais… je me suis sacrifiée, tu sais ? »

Cette dernière phrase a claqué comme le soufre d'une allumette sur un grattoir, et j'ai craché du feu. De quel sacrifice parlait-elle ? Qu'est-ce que j'y pouvais s'ils avaient décidé de se séparer alors que j'avais trois ans ? Je n'avais rien demandé !

Je criais : « Tu crois que ça me rendait heureux quand j'étais petit de partir en vacances l'été un mois avec l'un, un mois avec l'autre ? Tu crois que ça m'amusait de fêter un anniversaire avec l'un ou avec l'autre, et jamais les deux ? Tu sais ce que je voulais pour mes trente ans l'année dernière ? Faire un repas, un déjeuner, juste avec vous deux ! Bah ! c'est foutu, et tu sais pourquoi ? Parce que papa est mort deux mois avant ! Moi j'ai jamais déjeuné avec mes deux parents ! Vous ne me l'avez jamais proposé ! J'aurais voulu fêter Noël avec vous deux ! Mais pareil, vous ne me l'avez jamais proposé, vous aviez toujours peur que ça crée un conflit avec vos conjoints respectifs ! Moi, je n'ai rien dit, j'ai fermé ma gueule ! Alors ne me parle pas de sacrifice, maman ! Pas à moi ! »

Et j'ai encore pleuré. C'est fou, ça ! Je n'avais pas pleuré durant des années, et, depuis deux jours, une vraie fontaine ! En tout cas, cette fois, je pleurais de colère et de rage.

Je n'en voulais pas à ma mère particulièrement, mais plutôt à toute cette mélasse, au destin, au hasard, et même peut-être à Dieu lui-même. Toute ma vie était devenue si compliquée ces derniers temps ! Pourtant, autour, il s'agissait de la même ville, des mêmes soleils, des mêmes nuits, ça n'avait pas bougé, mais moi si. J'avais envie de tout casser, tout briser, et j'ai lancé un grand coup de poing dans un arbre, puis un autre, et encore, ça faisait mal, mais moins mal que la douleur de Lola, et j'ai tapé encore, et j'ai entendu un petit craquement, et je crois que je me suis cassé un truc, et j'ai cessé de m'en prendre à l'arbre plus fort que moi.

Ma mère pleurait : « Je suis désolée, mon chéri, murmura-t-elle entre deux sanglots. Je n'avais pas réalisé, je suis désolée. »

Alors j'ai soufflé, et j'ai répondu que ça n'était pas grave, que je ne lui en voulais pas, parce que, grâce à tout cela, j'étais devenu ce que je suis aujourd'hui, et que je ne déteste plus ce que je suis. Cela ne faisait certes pas de moi un type bien. Mais ce que j'avais accompli, c'était grâce à cette éducation, elle m'avait rendu plus fort, et il faut être fort, je crois, dans la vie, malheureusement.

Nous pleurions tous les deux à présent. Quand j'ai voulu m'asseoir par terre, elle a dit : « Attention, il y a peut-être du caca ! » Nous avons ri et reniflé de concert, faute de mouchoirs.

« Je sais que tu as mieux à faire que de chercher un chat dans les bois, a-t-elle ajouté.

— Non, maman. Le problème c'est que je n'ai rien de mieux à faire. Ça me fait du bien de rester près de toi.

— Je ne crois pas qu'on va le retrouver, tu sais. C'est triste, cette histoire.

— On va chercher. Ça ne coûte rien d'essayer ! »

Elle m'a fait oui de la tête, je me suis relevé, et nous sommes repartis à la recherche d'Adolphe.

De temps en temps, nous croisions une capote usagée abandonnée à même le sol. J'avais l'impression de suivre les traces d'un Petit Poucet hyperactif sur le plan sexuel. Un conte réécrit par Hubert Selby Jr., un Petit Poucet glabre, maigre, sans amour, guidé dans les bois par son insatiable désir de corps : dès qu'il aperçoit une prostituée, il sort un peu d'argent, elle lui donne un préservatif, et c'est parti ! deux troncs collés dans la nuit ; elle pousse des petits cris pour l'exciter et pour que ça aille plus vite, et pouf ! le petit sachet en latex se remplit, hop ! terminé ! bonsoir ! il est jeté par terre, et le Petit Poucet reprend sa route, jusqu'à la prochaine ; au matin, lorsqu'il sera complètement perdu, il n'aura plus qu'à rebrousser chemin en suivant ses repères contraceptifs.

Inutile de raconter cette histoire à ma mère : son bois n'était pas le décor d'un conte lubrique, mais plutôt celui d'une jolie fable où se côtoyaient en bonne harmonie animaux et travelos. Chaque fois qu'elle me désignait du doigt un oiseau ou un écureuil, je faisais semblant de les admirer, mais, en vérité, nous aurions pu tomber sur un diplodocus échappé de la préhistoire, je n'aurais guère été plus ému.

Je prêtais surtout attention à ma respiration, en maintenant de longues inspirations et expirations afin de contenir le plus possible la boule d'angoisse qui venait de faire un retour surprise dans mon ventre et que je sentais à nouveau sur le point d'exploser.

« On y est presque », a prévenu ma mère. De loin, j'ai aperçu des pointes d'oreilles bigarrées qui s'agitaient dans tous les sens au-dessus des herbes, comme des ailerons de requin à la surface de l'eau. Nous nous sommes approchés doucement. Elle plissait les yeux, à la recherche d'Adolphe. « Là ! » a-t-elle soufflé. Et en effet, j'ai vu au loin un chat au pelage blanc. Il nous tournait le dos, assis, la queue muette. Il fallait se rapprocher.

« Doucement », a dit ma mère. Malheureusement, ébloui par un rayon de soleil égaré, mon second pas a écrasé un morceau de branche sèche échouée sur le sol : le craquement a fait fuir tous les chats apeurés. « Pardon maman ! » me suis-je exclamé.

J'ai senti qu'elle était agacée, mais elle s'est retenue de m'en faire le reproche, affirmant que ce n'était pas grave, qu'il suffisait de marcher encore un peu, en direction de la cascade, où nous les retrouverions sans aucun doute.

« Mais au fait, maintenant que tu l'as aperçu, plus besoin de chercher, on peut rentrer !

— Non, je n'ai pas vu sa tête, on ne sait pas si c'est

lui. Il y a plusieurs chats blancs, tu penses bien. On verra à la cascade. Si c'est vraiment Adolphe, il faut que je lui fasse prendre son médicament. »

Je m'en voulais d'avoir écrasé cette branche. Par ma faute, le chat nazi s'était évanoui. La bonne nouvelle est qu'il ne se cachait pas au fond d'un bunker. Il préférait nous narguer, lui et sa bande. J'ai souri en l'imaginant miauler : « Arf, chauffez-fous, ils ssarriffent ! » Avant de battre en retraite, accompagné de ses copains pour le couvrir et l'aider à se cacher.

J'avais la gorge sèche. Heureusement, ma mère avait emporté deux petites bouteilles d'eau dans sa sacoche. J'en avalai une en cinq gorgées à peine. Malgré le début de soirée, la chaleur faiblissait à peine, toujours portée par un soleil puissant, bien que déclinant.

Nous avons croisé un homme qui marchait seul, mains dans les poches. « Un client », ai-je supposé à voix haute. « Non, un promeneur », a répliqué ma mère. Je lui ai demandé comment elle parvenait à faire la différence, et elle m'a expliqué qu'un client de prostituée ne s'amusait pas à traîner dans les bois. En général, il garait sa voiture à proximité et rejoignait très vite la prostituée qu'il désirait, la tête penchée en avant.

C'est alors que j'ai entendu des claquements de mains lointains. Je me suis arrêté : « C'est quoi ?

— Rien », a répondu ma mère tout en continuant d'avancer.

Les claquements résonnaient dans le silence. Ils semblaient provenir de ma droite. En fouillant du regard, j'ai vu, derrière un arbre, un type debout en train de claquer les fesses d'un vieux monsieur en train de déféquer à quatre pattes sur le sol. Bien sûr, au moment où mes yeux se sont posés sur eux, il a fallu que celui qui était debout croise mon regard. Rougissant comme jamais, j'ai détourné la tête, et ma mère a rigolé : « Tu en auras vu des choses, durant ce week-end !

— Mais…

— Oh, c'est le coin, je t'avais prévenu… Rien de dangereux, ils vivent leurs trucs… »

Paniqué, je lui ai promis de lui offrir, en plus de sa bombe lacrymo, un couteau. Ainsi qu'un sifflet.

« Pourquoi un sifflet ?

— S'il y a un problème, tu siffles, ça fait du bruit. »

Elle a rigolé : « Mon chéri, tu crois vraiment que ça va changer quelque chose que je siffle ?

— Bah, le bruit peut alerter des gens, tes amies prostituées par exemple…

— Si ça peut te rassurer. »

Candide, je m'étonnais de toutes mes découvertes. Quel monde étrange cachait ce bois ! On pouvait côtoyer des scatos affairés à prendre des fessées en toute quiétude, et personne ne semblait s'en offusquer. Après tout, pourquoi s'en offusquer ? En quoi se livrer au coït en levrette serait-il plus sain que mettre des fessées à un monsieur dans la forêt ? « Tu débloques complètement ! » me suis-je interrompu, heurté par mes pensées, en me redressant de toute ma morgue réactionnaire.

Je ne parvenais plus à situer les curseurs de la normalité. Deux moi se faisaient face : à ma droite, le champion toutes catégories, fort d'une éducation de classe moyenne, avec ses principes et ses certitudes, pas méchant, mais peu concerné par la nouveauté. À ma gauche, le challenger, apparu il y a deux jours à peine, plutôt paumé, mais par conséquent plus ouvert, acceptant l'idée qu'être scato n'avait rien d'infamant. L'affrontement, bien qu'inéluctable, n'avait pas encore eu lieu. Jusqu'à cette dernière remarque, où, dès la pointe de celle-ci, le fougueux challenger s'est élancé : d'un crochet, il a ringardisé le champion, trottinant autour de lui, vif, droite, gauche, deux coups dans le visage, le champion déchante, il a perdu ses repères, le challenger poursuit son assaut autour du vieux lion, ce dernier a du mal à respirer, il paraît tout engoncé dans ses préjugés, il tente un uppercut, mais, alourdi par ses principes, manque son but ; pourtant, malgré ses difficultés, le champion s'appuie sur son expérience, il en a vu des challengers danser autour de lui, et chaque fois, il a fini par les mettre au tapis, il suffit d'être patient, les dogmes ont la peau dure et résistent plutôt bien au temps.

Tandis que le combat se poursuivait, sans autre spectateur que ma petite personne, je continuais d'explorer des zones d'ombre boisées, que j'aurais été incapable d'imaginer auparavant. Et ce avec ma mère pour cicérone. C'était elle qui ravitaillait mes découvertes, elle était la proue de la *Santa María*, le brise-glace d'un navire à l'assaut de l'inconnu, et moi je restais passager à l'arrière, écarquillant des yeux étonnés devant l'improbable panorama qu'elle me faisait découvrir.

Normalement, avec sa mère, on ne parle pas prostitution. On n'apprend pas à faire la différence entre transsexuel et travesti. On ne croise pas un type qui vous dit qu'il suce des bites pour gagner sa vie, on ne tombe pas par hasard sur un jeune qui donne une fessée à un vieux en train de chier paisiblement, le tout sous un soleil trop chaud pour être amical. Pourtant, cette aventure ne me déplaisait pas. J'étais certes impressionné, choqué souvent, mais, au finale, ces découvertes me faisaient vivre autre chose, et j'oubliais un peu Lola. Tant pis pour toi, tu l'as bien cherché !

La cascade se trouvait trois ou quatre cents mètres en contrebas. À mesure que nous en approchions, nous entendions distinctement le bruit des chutes d'eau. Mon grand-père m'y avait déjà conduit lorsque j'étais enfant et m'avait fait croire que la mare en dessous abritait des crocodiles. « Penche-toi, tu verras ! » Et tandis que j'observais l'eau, curieux et effrayé, il avait jeté discrètement une pierre dans le bassin provoquant un clapotement.

« T'as vu ?

— Non », avais-je répondu, mais j'avais eu si peur que j'avais reculé et m'étais promis de ne plus jamais y retourner.

À la cascade, pas de crocodiles, mais des félins qui jouaient ou dormaient tout autour de l'eau. Nous avons trouvé le chat blanc un peu plus loin, perché sur un talus, indolent. Sur ordre de ma mère, nous n'avons pas bougé ; elle ne voulait prendre aucun risque. Elle a plissé les yeux en direction du chat blanc, et je l'ai imitée. Par chance, il a tourné son museau vers nous. Pas de moustache d'Hitler : « Zut ! » a soupiré ma mère.

Son téléphone a sonné. Elle a décroché et pâli sur-le-champ. Elle disait : « D'accord... Oui, oui... Bien sûr... J'arrive... » Après avoir raccroché, elle a pris un ton solennel pour me dire : « Un des gardiens du parc a trouvé un chat blessé, apparemment à la patte. Ça a l'air grave, il ne peut plus bouger. Je dois l'emmener en urgence chez le vétérinaire... Zut, tout tombe au mauvais moment... »

Le soleil commençait à battre en retraite derrière l'horizon. Encore trois heures environ avant la nuit.

« On fait quoi ? ai-je demandé.

— Je suis obligée d'aller m'occuper de l'autre chat. Pour Adolphe, je reviendrai demain. J'espère qu'il ne sera pas trop tard...

— Demain je travaille, maman. Je ne pourrai pas t'aider. Franchement, je préfère que tu ne reviennes pas seule demain, après ce que tu m'as dit sur les types qui t'ont menacée... Va plutôt t'occuper du chat blessé, pendant que je continue à chercher Adolphe.

— Tu es sûr ?

— Oui.

— Merci, mon ange, merci beaucoup. Si tu le vois, ne bouge pas et appelle-moi, d'accord ? Fais attention à toi, je te préviens dès que j'ai terminé. »

Profitant du jour déclinant, la pénombre s'installait lentement dans le bois en dépliant ses nuages foncés par-dessus les cimes. Malgré l'heure avancée, la chaleur ne semblait pas s'apaiser, comme un radiateur qui, une fois éteint, met un moment avant de redevenir froid. La piqûre dans le dos me démangeait toujours autant, mais je décidai de l'ignorer, persuadé qu'elle en deviendrait ainsi moins douloureuse.

Autour de moi un concert de petits bruits inconnus, gargouillement de la nature. J'étais seul. Au sens propre. Je craignais de tomber sur les sales types dont ma mère m'avait parlé, me persuadant qu'à tout moment, un malfaiteur allait surgir de derrière un arbre pour m'agresser, voler mon portable ou, pourquoi pas ? essayer de me violer. Même le silence me paraissait suspect. En même temps que les ombres, le fantôme de Lola est venu me tenir compagnie. Bon sang ! où pouvais-je aller maintenant ? Lola, mon pays. J'y avais immigré un an et demi auparavant, réticent, posant mes valises en me disant que je n'y serais que de passage. J'appréciais le paysage, mais me persuadais qu'il y avait mieux ailleurs, que je devais encore continuer à explorer des territoires inconnus. Mais j'ai fini par m'y attacher. Sa culture, sa vie, sa beauté. Un jour, j'ai compris que je me sentais enfin prêt à m'y installer définitivement. Surprenant !

Pourtant, un jeudi soir, on a décidé de m'expulser brutalement, sans sommations. Depuis, je me traînais à la frontière, réfléchissant au moyen de la traverser, même clandestinement, sans succès. Et après ?

À sa manière, Adolphe était aussi un apatride. Il avait probablement grandi dans un appartement, « passant parmi les livres », dormi sur un canapé ou un lit, ronronné près d'un maître qui le nourrissait de pâtée. Un jour, on l'avait brutalement dégagé, hop ! balancé par la fenêtre d'une voiture ; adieu Adolphe ! et le voilà perdu dans un environnement inconnu, sans caresses ni confort.

J'étais Adolphe. La ressemblance pilaire avec le Führer en moins, bien entendu. Eh bien, c'est dit : si l'on retrouve cet imbécile d'Adolphe, je l'adopte ! J'en fais la promesse ! Aussi méchant soit-il, m'est égal, après tout, je n'ai jamais été tellement gentil non plus. On trouverait bien un moyen de cohabiter, il suffirait qu'on fasse notre vie chacun de notre côté, et les fois où l'on aurait envie d'un câlin, on ferait un effort, juste le temps d'épuiser notre petite solitude, à la manière de M. Cousin avec son python Gros-Câlin.

Inéluctablement, sans la valeureuse locomotive maternelle, ma progression dans le bois devenait poussive. Je me sentais épuisé, de cette fatigue d'insomniaque, incapable de dormir malgré les yeux qui piquent, les bras ballants et les bâillements.

Cet éreintement me rappelait celui que j'avais vécu le jour de la mort de mon père, ces heures infinies d'incompréhension, ces questions sans conclusion où se croisaient les « si », les « mais », dansant comme en un ballet, et où une simple phrase se divisait en quatre, puis en huit, etc.

Oui, la même fatigue qu'en cette funeste journée d'avril. Je me souvenais des rougeoyants rayons du crépuscule plongeant à travers les fenêtres de mon appartement, puis s'écrasant délicatement sur ma petite table de bureau. Assis devant celle-ci, je tapais sur le clavier de l'ordinateur un texte, tap, tap, tap, et des dizaines de petites lettres apparaissaient à l'écran après chaque pression des doigts, quand soudain la sonnerie de mon téléphone portable avait retenti.

Le prénom de mon petit frère était apparu en surbrillance avec sa photo souriante en arrière-plan. Il ne m'appelait pas souvent, surtout à cette heure-ci. J'avais décroché, intrigué.

« Allô ?

— Papa fait un malaise, il est tout rouge ! »

J'avais foncé chez mon père en taxi. Pendant le trajet, j'avais gardé mon petit frère au téléphone afin qu'il puisse me donner plus de détails. « Papa est devenu tout rouge, il faisait un bruit fort en respirant, il avait les yeux tout rouges aussi, il était par terre, et maman a appelé les pompiers, et là les pompiers sont avec lui dans sa chambre. » Je crois que j'avais déjà compris ce qui se passait.

En bas de l'immeuble se trouvait un camion de pompiers, comme une verrue salissant le confortable panorama de l'habitude. Mon autre frère, de dix ans mon cadet, arrivait au même instant.

« Tu sais ce qui se passe ?

— Je crois que papa fait une crise cardiaque », ai-je répondu.

Nous étions montés vite par les escaliers. Au troisième étage, la porte était déjà ouverte. Le drame nous avait précédés, violant le foyer. Ma belle-mère discutait avec un pompier devant la chambre conjugale, et, me voyant, s'était interrompue.

« Ton père a fait un malaise, ils sont avec lui.

— D'accord. Où est Roland ?

— Dans sa chambre.

— Je m'en occupe. Louis, tu restes avec ta mère ?

— Oui, m'a répondu le cadet, aussi solide que paumé.

— Ça ne s'annonce pas bien... », avait ajouté ma belle-mère.

J'avais découvert mon petit frère assis sagement devant son bureau, les yeux inquiets. À peine avais-je eu le temps de l'embrasser que le son d'un bip strident avait traversé le mur, raisonnant dans l'appartement durant plusieurs secondes.

Je crois que le drame est toujours accompagné d'un bruit. Un drame silencieux ça n'existe pas, il faut du vacarme pour lui donner corps. Un avion qui s'écrase c'est une déflagration finale. Une maison qui s'écroule raisonne dans un fracas. Un attentat se reconnaît à son tumulte d'explosion et de feu. L'accident est bruyant par essence. Il se signale par son timbre inhabituel, il surprend, attire les regards, fait tourner les têtes, il soulève les sonorités les plus inattendues : deux voitures qui se rentrent dedans, et c'est toute une rue qui concentre l'attention des passants.

Dans mon cas, il avait pris la forme impersonnelle d'un bip strident. J'avais déjà entendu ce bruit dans des films ou des séries. La mort du cœur dans un hurlement aigu et électronique.

Roland m'avait regardé, interloqué.

« Tu ne veux pas qu'on aille dehors ? avais-je proposé.

— D'accord, on peut même faire le tour du pâté de maisons.

— Non, il faut rester à proximité. Allons simplement en bas. »

Dans la cour baignée de nuit, il faisait un peu froid. Nous avons croisé les pompiers qui s'affairaient du camion à l'entrée de l'immeuble, puis de l'entrée au camion. Des médecins du Samu aussi. Sur leurs visages, des mines contrariées.

« Ça va s'arranger », avait répété mon petit frère.

Je n'avais rien osé lui répondre. Le bip strident raisonnait dans ma tête. On avait parlé de tout et n'importe quoi, surtout pour combler le silence et les pensées. Puis nous avions entendu un hurlement : c'était la voix de ma belle-mère.

Ce qui n'était encore qu'un soupçon épais avait mûri en une lugubre certitude. Une boule dans la gorge. Roland avait levé la tête vers la fenêtre de leur appartement. Et moi, je m'étais penché vers lui.

« Écoute, il va falloir être fort… pour papa… C'est… c'est terminé. »

Du haut de ses douze ans, il avait prononcé une phrase à laquelle je ne me serais jamais attendu : « Je peux pas vivre sans lui. » Puis il avait éclaté en sanglots. Alors je l'avais pris dans mes bras et serré contre moi, parce qu'on ne sait jamais quoi faire dans ces moments-là.

En y repensant, je me rends compte que je n'avais pas pleuré ce jour-là. Ni les jours suivants. Ni même à l'enterrement.

Et pourtant, pour Lola, en moins de trois jours, je venais de verser un torrent de larmes. « Pleure, tu pisseras moins », me répétait mon grand-père quand j'étais gamin. Bah ! il avait tort : avec la chaleur qui tapait j'avais toujours autant envie d'uriner malgré toutes les larmes que j'avais dépensées ces derniers jours.

Et si ma mère avait raison ? Si ce n'était pas pour Lola que je pleurais ? Si c'était pour tout ce qui s'était produit ces derniers temps ?

En tout cas, je me sentais vidé. Il fallait absolument que j'arrête d'y penser. J'avais trop mal. Les larmes frappaient si fort sur le verre de ma cornée que je n'arrivais plus à bien voir autour de moi. Pour me donner de la contenance, j'ai crié : « Adolphe ! Adoooooolllll-lphe ! » Cela ne servait à rien, mais ça remplissait le silence. « Adoooooollllllphe ! »

À un moment, j'ai aussi crié « Lolaaaaaa ! » à la fois par jeu et par mélancolie. J'imaginais qu'elle apparaissait d'un coup devant moi, qu'elle m'ouvrait ses bras, et voilà. Mais non. Pas de Lola, ni d'Adolphe d'ailleurs. Il n'y avait aucune trace de chats à cet endroit. Je regrettais de m'être fait la promesse d'adopter Adolphe. Après tout, qu'est-ce que j'allais m'encombrer d'un vieux chat malade ? J'avais plus de chances de me compliquer la vie qu'autre chose.

« Il faut savoir être égoïste ! » me répétait mon grand-père quand j'étais enfant : « Occupe-toi d'abord de toi et ne t'oublie pas dans les autres. » Spontanément, le texto envoyé hier par mon ami m'est revenu en mémoire : « Est-ce que tu te vois faire ta vie avec une fille qui a un problème ? » Et cette fois j'ai souri !

Cependant, mon rictus s'est raidi devant cette interrogation : je fais quoi, maintenant ? Pour la première fois, je regrettais de ne pas avoir de religion ; même si ça met toujours un peu de bordel, la religion, ça fait du bien aussi. On peut parler à quelqu'un là-haut, on n'est jamais seul, on respecte des principes de vie, on sait ce qui est bien ou mal, ce qu'on doit ou ne doit pas faire, le chemin est tracé.

Ou alors il m'aurait fallu une cause politique, un truc viscéral pour lequel j'aurais pu m'engager, manifester en hurlant, être pour ou contre une grande affaire, me rendre à des réunions, des meetings, remplir des pétitions, m'offusquer des propos tenus par un tel ou un autre, lutter pour prouver que j'avais raison quitte à en devenir incomparablement stupide.

Malheureusement, je n'arrivais à m'accrocher à aucune de ces deux mamelles.

Je craignais de retomber dans la nuit. Démon célibataire, séduire pour détruire. Plus la fille m'expliquait qu'elle était amoureuse de son mec/fiancé/mari, plus je m'efforçais de lui prouver le contraire. Un jeu. De la jalousie sûrement aussi, j'enviais leur bonheur. Je copiais des modèles littéraires, des héros destructeurs ; j'arrivais à coudre un sourire arrogant sur mes lèvres, au-dessus desquelles mes yeux brillaient d'insolence ; quelques gouttes d'alcool blanc au fond du ventre pour décrisper le visage, et me voilà lancé : « Tu ne l'aimes pas, c'est évident… », fanfaronnais-je dans un éclat de rire satisfait, avant de lever un miroir rhétorique au moindre argument qu'on m'objectait. Plus elles se justifiaient, plus je parvenais à leur prouver que j'avais raison, avocat véreux, car ça ne se justifie évidemment pas, ces choses-là.

En réalité, ce « Tu ne l'aimes pas » aurait dû se traduire par un égocentrique « Tu ne m'aimes pas » ; mais elles comme moi ne nous en rendions pas compte et, il faut bien l'avouer, ça arrangeait plutôt mes affaires.

Tu vois, j'avais quitté tout ça pour toi, Lola ! J'avais abandonné les fanfaronnades, les galipettes et autres contorsions de séduction, j'avais quitté le cirque des boîtes de nuit, fini le funambulisme, place au concret, j'ouvrais les rideaux des afters et laissais le jour entrer, au revoir nuit, bonjour jour !

Oui, et maintenant, je fais quoi ?

L'image obscène de Lola dans les bras d'un autre m'a sauté aux yeux, sans raison, et plus je m'interdisais d'y penser, plus j'y pensais, et plus j'y pensais, plus je m'interdisais d'y penser, et ça m'a rendu fou, comme un hamster pris dans sa roue!

J'ai attrapé une branche, je l'ai cassée, et j'ai jeté les morceaux en criant de toutes mes forces: «Putain!» J'ai eu envie de me jeter dans le vide, mais comme il n'y avait pas de vide j'ai hurlé à nouveau «Putain!» et encore «Putain! Putain de merde!» et tant pis si je faisais peur aux chats.

«Comment tout ça a-t-il pu foutre le camp, en deux minuscules années? Qu'est-ce qui s'est passé? Qu'est-ce que j'ai bien pu faire pour que ça me tombe sur la tronche?

— Eh, toi! a tonné une grosse voix d'homme derrière moi. Ça va pas bien, non? T'arrêtes de gueuler, oui?»

J'ai sursauté et me suis retourné. «T'as un problème

dans la tête ou quoi ? » a répété la voix. J'étais tellement surpris que j'ai arrêté mon cirque d'un coup.

Un vieillard abîmé, barbe et cheveux hirsutes, le torse nu rougi par le soleil, m'observait avec curiosité, une main posée sur un caddie rouillé. « T'es pas tout seul, mon grand ! Ton boucan, ça fait chier !

— Ça fait chier qui ? » j'ai demandé, parce que j'étais encore énervé et même prêt à aller me battre pour me défouler. Il a répondu « Nous ! » en pointant du doigt une direction un peu vague derrière lui. J'ai plissé les yeux et aperçu des tentes : un campement de SDF ! J'ai rougi de honte, et ma colère s'est tarie. « Pardon », ai-je dit. L'homme a fait un pas vers moi. J'ai reculé. « T'aurais pas une clope ou une pièce ?

— Non », ai-je répondu, réflexe urbain. Il a craché par terre, sachant très bien que je mentais, puis a tourné les talons sans un mot. Je me suis senti encore plus bête, et j'ai dit : « Hé ! » Il s'est retourné, et j'ai marché vers lui en fouillant dans mes poches. J'ai sorti toutes mes pièces et les ai déposées dans sa main tendue. « Vous n'auriez pas vu un chat nazi, enfin je veux dire un chat qui ressemble à… Adolf Hitler ? » Il a explosé de rire en répétant à trois reprises « T'es un drôle, toi ! » et j'ai rigolé avec lui à cause de son rire communicatif.

Un autre homme est apparu, plus jeune, et a demandé pourquoi on riait si fort. Le barbu lui a expliqué le coup du chat qui ressemblait à Hitler, et il a ri lui aussi. Le jeune s'est enquis si je n'avais pas une cigarette ou une pièce, mais l'autre a montré sa main pleine de monnaie en expliquant qu'il avait déjà tout pris.

Soudain, j'ai demandé au vieux : « Au fait, vous ne seriez pas Christian ?

— T'es qui, toi ? » a-t-il grogné de méfiance, reculant à son tour.

— Je suis le fils d'Élise, la dame qui s'occupe des chats. Elle m'a parlé de vous. »

Après un soupir de soulagement, il a dit en souriant : « Élise, c'est ta maman ? Elle est gentille comme tout, elle. Mais ça fait plusieurs semaines que je l'ai pas vue. »

Ma mère croisait Christian de temps en temps durant sa tournée, à l'orée du bois. Je me suis souvenu de lui parce qu'il portait le même prénom que mon père et que ça m'avait frappé le jour où elle m'avait écrit par texto : « J'ai rencontré un SDF très sympa, il s'appelle Christian. »

L'ironie était qu'il ne s'appelait probablement pas Christian. Selon ce qu'il avait raconté à ma mère, il avait fui une clinique psychiatrique en Espagne où il se trouvait interné pour dénégation d'identité. Depuis, il avait peur d'être retrouvé, à tel point qu'arrivé en France, il avait brûlé ses papiers.

« Désolé, j'ai pas plus sur moi…

— Oh, ça va, moi si je peux manger deux fois par semaine, surtout avec cette chaleur, ça me suffit. Pas besoin de grand-chose ! » Son vieux caddie de supermarché contenait un matelas enroulé, des bouteilles en plastique remplies d'eau, ainsi que des sacs pleins d'affaires.

« Pourquoi tu criais ? »

Lui expliquer qu'imaginer ma copine nue avec un autre me rendait fou m'a paru stupide. J'ai préféré éluder en prétendant que j'avais reçu une mauvaise nouvelle. Et puis je l'ai regardé : je venais de dire à un type, qui traversait chaque jour le bois avec son caddie pour se rendre à Paris afin de trouver de quoi se nourrir dans des poubelles, que j'avais reçu une « mauvaise nouvelle ».

Il a fait : « Ah ! » Pour me justifier, j'ai insisté : « Vraiment une mauvaise nouvelle », et c'était comme si je m'enfonçais encore plus. Il a grimacé un compatissant : « Ah ! bah, pas de chance… »

Il m'a ensuite proposé de boire un coup, mais j'ai refusé malgré ma soif, parce que je ne voulais pas que mes lèvres touchent au goulot usé d'une de ses vieilles bouteilles en plastique ; il en a attrapé une et a bu. Puis il m'a expliqué qu'avec la chaleur, ce n'était pas évident dans les bois, il fallait s'hydrater ; heureusement, il remplissait ses bouteilles aux fontaines Wallace et en ramenait aux autres, parce qu'il y a d'autres vieux comme lui qui ont du mal avec la chaleur ; et pourtant, il préfère ça à l'hiver, parce qu'avec le froid, les couvertures, ça ne change rien, le vent s'engouffre partout ; l'hiver, c'est vraiment affreux, plus que l'automne, où c'est surtout l'humidité qui embête, ça mouille tout, l'automne, mais l'hiver, bon sang ! ça devrait pas exister ; en Espagne, c'est un chouia moins froid, mais il peut plus y retourner ; l'année d'avant, c'est un de ses amis, le vieux Zeus, qui est mort gelé ; alors, vive le soleil ! même brûlant ; en fait, là, ce qui est chiant, c'est que la roue avant de son caddie n'est plus aussi stable; elle va le lâcher un de ces jours; il faut qu'il en trouve un autre.

L'autre SDF, le jeune, est revenu près de nous et a écouté Christian. Il opinait de la tête de temps en temps, d'un air concerné, en tirant sur sa fin de cigarette. Nous devions avoir le même âge. Je sentais qu'il avait aussi envie de participer à la conversation, mais qu'il restait en retrait, trop timide. J'avais l'impression qu'il cherchait le bon moment pour intervenir.

Dans une soirée, pour nouer le dialogue, j'aurais demandé : « Et toi, tu fais quoi dans la vie ? » mais là, ça ne s'y prêtait pas. Ou peut-être que si, justement. Je n'en savais rien. À force de me poser trop de questions sur le « bien-agir », je n'agissais pas; j'écoutais le discours de plus en plus décousu de Christian en cherchant un moyen poli d'y mettre fin et de m'échapper.

Un berger allemand a rejoint le jeune, s'est frotté gaiement contre ses jambes puis est parti renifler les arbres autour de nous. « C'est Cathy, ma fifille », a-t-il dit, stressé mais heureux d'avoir réussi à placer quelques mots.

« Très belle !

— Je la brosse tous les jours. Elle cherche des écureuils, elle adore leur courir après, mais c'est pas méchant, c'est pour jouer parce qu'elle est déconneuse ma Cathy, et...

— Tu permets ? l'a interrompu Christian, visiblement excédé. On s'en fout de tes histoires de chien ! Tu vois pas qu'on a une conversation sérieuse avec monsieur ? Ça t'embêterait d'être civilisé un instant ?

Ça se remarque tout de suite que tu n'as jamais été de la haute ! Tu es ridicule, absolument ridicule ! Tu ne pourrais jamais être invité à un cocktail. Il faut de la dignité, de la grâce. Tu n'en as aucune. Et tu ne te douches jamais.

— Si, je me douche ! »

Sans que je m'en rende compte, notre conversation avait lentement échauffé Christian, comme un moteur peu habitué à tourner à plein régime et qui s'enflamme soudain. De colère, il s'est époumoné : « J'étais procureur, connaud, tu sais ce que c'est un procureur ? Ça met en prison des gens, ou ça les libère, j'avais ce pouvoir ! Ta Cathy, je peux très bien la foutre en taule si je veux, merci bien ! J'ai qu'à m'entendre avec le proc !

— Tu délires…

— Je délire ? Et le procès de la Fontana, c'est du délire ? Je l'ai foutue au trou ! Ta Cathy est une contrevenante, elle n'a pas de collier, ni de tatouage, je peux en faire ce que je veux !

— Fais pas ça ! Pas Cathy, hein ! Si tu la touches…

— Menacer un procureur ? Pauvre fou ! Tu fais une très grave erreur ! Faudrait des *cojones* incroyablement grandes pour cela, mais les tiennes sont aussi ridicules que des noisettes ! Je peux envoyer en prison n'importe qui, n'importe quoi ! Je pourrais même condamner une pomme à aller en prison ! La cour se levait quand je parlais, l'éloquence merci bien, c'est pas tes putes et tes gendarmes qui m'impressionnent. Ta chienne, elle attaque les écureuils, et je peux te dire que c'est pas légal du tout, mon ami. Les écureuils font partie du patrimoine de la nature, les chiens n'ont pas à les bouffer. J'en fais mon affaire, mon petit, une plainte et au gnouf, ta boule de poils. Et t'iras la voir au parloir seulement si je t'en donne l'autorisation!

— Si tu touches à Cathy, je t'étrangle pendant la nuit, vieux débile!» a hurlé le jeune, très en colère.

Un instant, j'ai bien cru qu'il allait se jeter sur Christian, mais ils se sont toisés un long moment, d'un air de défi, puis, sans un mot, le jeune est parti se réfugier avec sa chienne sous sa tente. Christian semblait rasséréné, il a poussé un soupir en me prenant à témoin: «Pas facile, le voisinage. Désolé pour cet incident.»

Sur ce, il s'est emparé d'une bouteille en plastique et a avalé à nouveau de grandes gorgées d'eau. Son visage a repris une couleur normale, et il m'a dit: «Très honnêtement, elle a un peu les fils qui se touchent ta maman avec son obsession des chats, non?»

La chaleur m'a toujours fait souffrir. Elle faisait beaucoup souffrir mon père aussi. Chaque été, il la fuyait, au point de rester enfermé dans la chambre climatisée de l'hôtel, pendant les vacances, à lire, somnoler ou regarder la télé. Il ne faisait son apparition sur la plage qu'à 5 heures du soir, avec sa vieille casquette Camel, et se cachait dans l'eau en faisant la planche jusqu'à ce que nous décidions de rentrer. Toutes les fois où un nuage osait se placer entre lui et le soleil, il s'exclamait joyeusement : « Ah, en voilà un de courageux ! »

Alors, lorsque j'ai vu apparaître quelques nuages au-dessus du bois, je me suis demandé lequel serait le plus courageux d'entre eux, et un sourire mélancolique s'est glissé sur mon visage.

J'avais finalement quitté Christian en prétextant la vérité : j'avais un chat à retrouver. Après m'avoir salué poliment, il m'avait souhaité bon courage pour la suite : « J'espère que tes problèmes seront bientôt réglés. » Je l'avais remercié, avant de lui souhaiter, à mon tour, bon courage. Pas évident que ce soit uniquement de courage que nous ayons eu besoin, tous les deux, à ce moment-là. Comparer nos situations paraissait évidemment obscène. Sur l'instant, j'avais eu la bien-pensance de me répéter que j'avais de la chance dans la vie, que mes problèmes, avec Lola, ce n'était rien mesuré à ceux de Christian ou du jeune. Même si ce constat ne me soulageait pas, au moins il rassurait ma culpabilité et m'offrait une bonne conscience à moindre coût.

Parce que depuis trois jours, je n'éprouvais aucune empathie à l'égard des autres. Il n'y avait plus que mon problème, ventripotent et grossier, qui dansait sans cesse dans mes pensées. J'avais bien essayé plusieurs fois de relativiser, mais me répéter qu'il se passait des incidents bien pires dans le monde, famines, guerres, catastrophes naturelles, ne changeait rien. Mon échelle de la douleur s'en trouvait complètement bouleversée.

Peut-être aurais-je dû assister à un terrible drame de mes propres yeux pour réaliser à quel point ma situation était belle, un horrible accident, un assassinat, un attentat, que sais-je ? Je me suis rappelé avoir croisé dans la rue, plus tôt dans la matinée, un type unijambiste avec des béquilles. Je m'étais persuadé que nous étions tous les deux aussi malchanceux ! Voilà peut-être le summum de l'égoïsme, j'étais un alpiniste à l'assaut du pic de l'égocentrisme, et mon ascension se déroulait de manière très positive, je touchais quasiment au but, la cime de mon Moi. En aval, je laissais les autres se dépatouiller. Tout obnubilé par mon escalade, je ne pensais même pas à regarder au-dessous par crainte du vertige. Vanité des vanités ! Encore un effort, on y est presque !

Le soleil venait de se faire avaler par des cumulus gris, lesquels recouvraient peu à peu l'horizon d'acier. De brèves rafales de vent secouaient les feuilles. Enfin de la fraîcheur ! À peine ai-je eu le temps de l'envisager qu'un craquement immense au-dessus de ma tête a déchiré le ciel ; les nuages, penchés sur le côté, ont déversé leur pluie d'été, drue, tiède, rafraîchissante. Impossible de lutter face à l'avalanche aqueuse : de brûlé, je risquais de devenir trempé. Le temps que le déluge se calme, je me suis caché sous un frêne.

J'en ai profité pour envoyer un texto à ma mère en lui demandant si tout allait bien. Elle m'a répondu que oui, me conseillant de me mettre à l'abri, puis elle m'a remercié de l'aider : « Tu ne te rends pas compte à quel point je suis heureuse que tu sois là. Je t'aime, mon fils. »

En effet, je ne m'en rendais pas compte. Surtout, je ne soupçonnais pas le degré de solitude dans laquelle elle se trouvait plongée. Par ma faute. J'ai regardé les textos qu'on s'envoyait depuis deux ou trois ans.

Elle m'écrivait toujours de longs messages, auxquels je répondais par d'elliptiques « Bisous » ou « Gros bisous », mots de passe affectueux, mais tellement impersonnels.

Lorsque j'avais quitté la maison, treize ans plus tôt, elle avait pris l'habitude de m'appeler tous les soirs. « Comment ça va, mon chéri ? » Au début, je décrochais chaque fois, mais, peu loquace, j'abrégeais l'entretien le plus rapidement possible. J'ai fini par ne plus répondre que rarement. Je connaissais la conversation à l'avance : « Oui, maman, tout va bien ; non, c'est juste un éternuement, je ne suis pas malade ; ça va, oui, arrête un peu ; bah, au bureau, comme d'habitude ; rien de spécial, non… »

Les années défilant, j'ai fini par ne plus décrocher ; elle s'est lassée. Depuis, elle ne me passe plus qu'un coup de fil par semaine, le week-end en général, auquel je réponds. En revanche, elle m'envoie un texto tous les soirs, où elle me raconte ses journées au bois. Et moi, petit crétin, de tapoter en réponse un laconique « Bisous ».

Je me sentais bête à présent. Un jour, maman ira se promener avec papa. J'ai vu comment c'était un corps mort, tout figé, j'ai vu le cercueil se refermer. Mon père avait l'air tout petit, alors qu'il était plus grand que moi. J'ai regardé le cercueil entrer dans le four. Deux heures plus tard, on nous a donné une boîte, et dedans y avait papa. Papa, en vrai, il était un peu gros, alors j'ai dit à mes frères qu'il avait drôlement maigri pour réussir à entrer dans un truc aussi minuscule, et on a rigolé.

Ma mère ponctuait son texto par un solennel « Je t'aime, mon fils », et je ne savais pas quoi répondre. Tout d'abord, j'avais rougi, gêné par cette espèce d'épandage affectif qui me laissait coi. Ensuite, j'ai mesuré ma bêtise. Comment pouvais-je qualifier ce « Je t'aime » d'épandage, moi le troubadour de pacotille, qui ne cessait, depuis deux jours, de répéter à qui voulait m'entendre combien j'aimais Lola ?

En réalité, je ne me souvenais même pas de la dernière fois que j'avais dit à ma mère « Je t'aime ». Quand j'étais petit, pourtant, je le lui répétais souvent. Mais plus j'ai vieilli, plus le verbe « aimer » s'est empesé. Je l'ai lesté de tout mon ego, et il est devenu si plein de gravité qu'il ne s'articule plus autour d'un sourire, mais se chapeaute d'un froncement de sourcils appliqué.

Fort de ce constat, je me suis forcé à tapoter un « Moi aussi je t'aime », que j'ai aussitôt effacé pour finalement choisir d'envoyer : « Pas de soucis, c'est normal, bisous. » Ça prend du temps de devenir moins bête.

Les gouttes continuaient de s'écraser sur les feuilles au-dessus de ma tête. Par curiosité, j'ai consulté l'historique des messages que j'avais envoyés à Lola.

Mon pouce, aventurier numérique, a remonté le fil du temps. Le temps du couple : des baisers, des projets, des « Tu fais quoi ? », des disputes, des vexations, des histoires où le patron fait une remarque pas sympa, où les parents sont envahissants, des rires, des incompréhensions, des « Je t'attends » ou « Pourquoi tu réponds pas ? ». Avant ça encore, le temps de la séduction : des « Comment vas-tu ? » et ses réponses trois jours plus tard, des blagues, des sous-entendus légers, mais pas anodins, des « Merci » et des rendez-vous, des propositions de dernier verre là-haut.

Puis mon écran est resté bloqué : impossible de remonter le fil puisqu'on ne s'était pas rencontrés. Mon pouce venait de faire défiler plus de cinq cents jours de relation en moins de cinq minutes. Ça passe vite un an et demi ! Avant Lola, dans l'historique de mon téléphone, j'ai aperçu d'autres conversations, d'autres femmes. Oui, il y avait eu un avant Lola, et si avant Lola, alors, forcément, l'après serait possible.

J'ai poussé un long soupir de contentement, comme si je reprenais enfin mon souffle. Abandonné peut-être, mais j'allais retrouver quelqu'un, n'est-ce pas ? Je n'étais pas condamné à errer éternellement dans ces bois comme les chats. Une maîtresse viendrait me chercher, me recueillir, hein ?

De toute façon, je pouvais me déplacer, attendre même au pied d'un immeuble qu'on m'ouvre une porte, je serais sage, promis, plus de folie, plus de torture, je me laisserais engraisser sans rien dire, et en bon matou, la panse pleine, je m'allongerais en étirant les bras, m'endormirais, une caresse me contenterait très bien, bonjour, bonne nuit !

Tout, mais pas l'abandon. Cela explique probablement pourquoi je n'appréciais pas de faire la tournée des matous : ils me mettaient terriblement mal à l'aise. Pourquoi avais-je si peur d'être abandonné ?

Je me suis accroupi, fatigué. La pluie ne voulait

plus finir. Avant, je ne me montrais pas aussi fébrile. J'ai réfléchi en fermant les yeux pour mieux me concentrer. Ça servait à rien. Je les ai rouverts, pareil. Je devrais peut-être me mettre au yoga, ou essayer l'hypnose…

Pour être tout à fait honnête, la réponse, je la devinais, comme une ombre posée sur un rocher ; j'avais simplement du mal à la nommer. Pourtant, il s'agissait d'un des premiers mots que j'avais appris à prononcer, une lexie naïve au sens compliqué, court de deux syllabes et long de quatre piliers, sur lesquels reposait la moitié de notre psyché. Hein, papa ?

Le capitaine avait une tête dix fois plus volumineuse que son corps : au moment où, soulevé par une immense vague, le bateau a plongé sous l'eau, je l'ai entendu éclater d'un rire dément, et je me suis réveillé.

Sans le vouloir, je m'étais endormi quelques minutes. Le temps de ma microsieste, la pluie s'était lassée et avait cherché quelqu'un d'autre à ennuyer. Par chance, l'arbre m'avait efficacement protégé, à part quelques gouttes sur mes cheveux qui rebiquaient en boucles. Lola aurait trouvé ça joli.

Je me suis rapidement relevé, il était l'heure de rentrer. Bientôt, je serais libéré.

Je me sentais soulagé que la journée s'achève. Tant pis pour Adolphe. Il devait se cacher ailleurs, rien de dramatique, et de toute façon, on n'y pouvait rien. Peut-être avait-il trouvé une copine et faisaient-ils leur vie de chats dans leur coin ?

« Viens, mon beau chat, sur mon cœur amoureux ; Retiens les griffes de ta patte… » Je chuchotai ironiquement une prière incantatoire, en espérant qu'elle me porterait chance.

Dehors, des troupeaux de ronces s'amusaient à me tendre des pièges, m'obligeant à être prudent afin de ne pas m'étaler bêtement. Soudain, un croassement de corbeau a retenti à ma droite. J'ai sursauté, et le volatile s'est échappé en un battement d'ailes sinistre. Le suivant du regard, j'ai aperçu une tache laiteuse noyée au milieu du vert-brun de la forêt. Se pourrait-il que? par miracle…

En m'approchant, j'ai vu distinctement la silhouette d'un chat blanc sous la branche d'un arbre. Il avait l'air de se tenir debout au-dessus du sol, comme s'il cherchait à attraper un insecte dans les airs. Prenant soin cette fois de ne pas casser de branche, j'observais où je posais les pieds pour ne pas risquer de le faire fuir.

Le chat se balançait doucement de droite à gauche. J'ai continué de me rapprocher, retenant mon souffle: une tache noire au-dessous de sa truffe ! Adolphe ! Je te tiens, abruti de félin !

J'aurais dû être heureux. J'aurais dû téléphoner à ma mère et lui dire fièrement : « Je l'ai retrouvé ! » Las, rien de tout cela. Adolphe était mort, pendu à l'anse d'un sac en plastique, la gueule ouverte, les yeux exorbités, cadavre figé dans l'air au milieu du bois.

Quelqu'un avait décidé de pendre Adolphe, un vieux chat peureux et agressif. Pourquoi lui ? Peut-être parce qu'il était plus lent que les autres, et par conséquent plus facile à attraper. Peut-être à cause de sa ressemblance avec un Führer complètement fou. Peut-être tout bonnement parce qu'il se trouvait au mauvais endroit. La cruauté a ses raisons…

Sans qu'il le sache, Adolphe avait probablement servi de victime expiatoire à un malheureux déséquilibré. Il était devenu un Christ aux oreilles pointues, avec une tache malvenue sous la truffe et de l'asthme. Je pouvais lui prédire un avenir de star au paradis à défaut de la petite vie qu'il avait connue ici.

J'ai pensé à ma mère. Heureusement qu'elle ne l'avait pas découvert. Que devais-je faire ? La prévenir ? Elle aurait trop de peine. Alors quoi ? J'ai imaginé trouver un autre chat blanc et lui mettre un peu de feutre noir sous la truffe… Folie ! Finalement, je n'ai rien fait.

Quand j'ai détaché Adolphe, son corps a lourdement chuté sur le sol, comme un fruit trop mûr. J'ai cru sentir une étrange odeur de jonquille qui s'est aussitôt évaporée dans l'air. Avec mes mains, j'ai gratté la terre près de lui.

Tandis que je creusais, j'imaginais l'histoire de ce vieux chat abandonné, passé un jour d'un canapé à la forêt : sa vie dans les bois, ses disputes, ses bagarres, sa course à la pâtée, ses roupillons cachés, sa découverte des papillons, ses coups de patte pour être respecté, et qu'est-ce qu'elle lui veut cette vieille avec ses cachets ? Et pourquoi il a tant de mal à respirer ? Dès qu'il court, il étouffe, il n'arrive pas à grimper sur un tronc, trop haut, il s'épuise ; tant pis, ne m'approchez pas, va-t'en ou je t'en colle une !

J'imaginais le ronchon, qui ne demandait rien à personne, se faire enfiler un beau jour une anse de sac autour du cou, puis être pendu brutalement, suffoquant sans comprendre ce qui lui arrivait. Et le type qui avait dû rigoler devant le spectacle de l'animal furieux en train de s'asphyxier, s'agitant de tous côtés pour essayer de s'échapper, raclant l'air avec ses griffes inutiles.

Sans m'en rendre compte, je pleurais en répétant : « C'est dégueulasse. » Je pleurais pour la troisième fois de la journée, un record ! Je pleurais pour Adolphe, mais aussi pour ma mère et pour ma peine ; je pleurais pour tout le monde, mon père, la tante de Gabriela, la faim dans le monde, les baisers oubliés, sans raison en fait ; je pleurais, et ça me faisait du bien ; je respirais enfin, malgré la morve, la bave et les larmes ; respire, respire, respire encore !

Mes mains noires de terre, le petit trou m'a paru suffisant. J'ai déposé Adolphe dedans, puis j'ai replacé la terre par-dessus, et des feuilles, pour que l'on ne puisse pas le retrouver. La sépulture improvisée me paraissait plus grande que celle que j'avais creusée pour mon lapin nain que j'avais eu tout petit et qui s'appelait Jeremy.

Je me suis demandé si Adolphe et lui allaient se rencontrer là-haut. Je les imaginais assis dans de confortables fauteuils en peau de nuage, à deviser sur la cruauté des hommes, chacun avec son verre de lait entre les pattes. Adolphe râlerait au sujet de son prénom de mauvais goût, tandis que Jeremy lui expliquerait à quel point vivre en cage lui avait été insupportable. Alors Adolphe, bravant son asthme, allumerait un cigare, l'air provocateur, et Jeremy lui raconterait la blague du lapin qui joue aux cartes mais qui n'a pas pu s'empêcher de manger tous les trèfles, et Adolphe sourirait en expirant des ronds de fumée parfaits.

Des gouttes d'eau dans mon cou. Il a recommencé à pleuvoir, légèrement cette fois. Je ne pleurais plus.

J'ai planté une petite branche sur le sol, pour m'aider à reconnaître l'endroit au cas où je souhaiterais y revenir un jour, sans trop y croire.

Au revoir Adolphe.

J'ai essuyé mes mains boueuses avec des feuilles, puis j'ai repris ma marche.

Ma mère et moi nous sommes retrouvés environ un quart d'heure plus tard, alors que la pluie venait à nouveau de cesser. Elle en avait terminé avec le vétérinaire, et m'avait donné rendez-vous par texto au croisement de l'allée de Longchamp et de la route du Point-du-Jour. Sur le chemin, j'avais récupéré mon vélo, la selle trempée, là où je l'avais laissé tantôt.

« Tu l'as vu ? » J'ai fait non de la tête. « Mince, mince, mince… », a-t-elle dit, puis : « Sur le retour, je me suis arrêté près du lieu où j'avais installé des cabanes à chat, là où il ne fallait pas aller, tu te rappelles ? Les sales types ont tout détruit, je m'y attendais. J'espère qu'il n'est rien arrivé aux chats qui traînaient dans le coin… »

Sans la regarder, j'ai dit que non, qu'ils couraient bien trop vite pour ça ! « Tu as vu tout à l'heure comme ils ont détalé quand j'ai écrasé une branche ? »

Elle m'a souri, rassurée, puis a ajouté : « Il fait quasiment nuit et là, vraiment, je ne sais plus où aller.

— C'est peut-être l'heure de rentrer ?

— Ça me fait trop de peine. Qu'est-ce qui a pu lui arriver, bon sang ?

— On ne sait pas, maman. Qui te dit qu'il n'a pas été adopté ? Ou qu'il ne s'est pas simplement enfoncé plus loin dans la forêt ? Il faut que tu l'acceptes... C'est un peu con ce que je vais te dire, mais : c'est la nature. »

Elle a soupiré. Je l'ai embrassée sur la joue, puis nous avons marché le long de la route, en silence, pour rejoindre la voiture. Je me sentais épuisé. J'avais presque hâte d'aller me coucher.

« Merci encore d'être venu.

— Ça m'a fait du bien, maman.

— À moi aussi. »

La nuit tiède nous enveloppait, aussi noire qu'une gorge de loup. Il était déjà 10 heures passées quand nous avons emprunté la discrète route des Lacs-à-Bagatelle, direction sa voiture. Nous n'avons croisé personne, sauf un petit monsieur chauve d'une cinquantaine d'années, en costume trois pièces gris. Lorsqu'il a vu ma mère, il s'est exclamé avec un grand sourire : « Mes hommages, chère madame, comment allez-vous ?

— Un peu découragée, on a perdu un de nos chats. »

Il a eu une moue triste, puis a dit d'une voix très grave : « Je comprends... Les chats sont des êtres humains comme les autres. »

Puis ils se sont souhaité bonsoir, et le petit monsieur est monté dans sa voiture, une grosse Bentley qui a démarré discrètement. « Les chats sont des êtres humains comme les autres. » J'ai trouvé la formule assez jolie.

« Tu le connais ?

— Oui. Je ne l'aime pas beaucoup, il a toujours ce sourire un peu faux. C'est un client d'Alexia, je le croise de temps en temps.

— Il n'a pas l'air de se cacher, ni de se presser ! Comment tu sais que c'est un client ?

— À cause du parfum d'ambiance qu'Alexia utilise dans son camion. Il sentait la jonquille, et chez elle, il y a toujours une odeur de jonquille. »

Nous sommes arrivés au parking des Jardins de Bagatelle, là où elle s'était de nouveau garée. Je m'apprêtais à dire au revoir à ma mère lorsqu'elle a ouvert le coffre de sa voiture et m'a fait signe de m'approcher. À la lueur de l'éclairage intérieur, elle a sorti d'une petite cage une espèce de boule de poils blanche, à peine plus grosse que mon poing : « Regarde, c'est le chaton que j'ai déposé chez le vétérinaire tout à l'heure. Il est en bonne forme, non ? »

J'ai bien observé l'animal : l'œil droit rouge et gonflé, la truffe dégoulinante de morve, le pelage troué par les tiques, la patte arrière bandée. Il a poussé un petit miaulement de salutation.

« Malheureusement, il ne pouvait pas le garder. Alors je me suis dit que c'était une bonne occasion pour te l'offrir en cadeau. Tiens, c'est pour toi ! C'est une femelle, toute belle. Regarde ses beaux yeux bleus !

— Merci maman, mais non, je ne pense pas que ce soit une bonne idée.

— Je t'assure que ça te fera du bien, garde-la.

— En ce moment, j'ai du mal à garder les filles, ai-je plaisanté.

— Celle-là n'attend que toi ! »

Ma mère m'a mis le chaton dans les mains, et je me suis retrouvé avec ce truc tout chaud et vivant qui me regardait avec curiosité. Je sentais son petit cœur battre contre ma paume. Il a miaulé à nouveau, peut-être de peur. Son allure misérable m'a curieusement séduit.

« Je vais l'appeler Miteux.

— Mais c'est une fille ! » a protesté ma mère.

Je lui ai répondu qu'au bois de Boulogne, ce n'était pas forcément le prénom qui déterminait le sexe. Elle a souri puis a réinstallé Miteux dans sa cage avant de me la confier.

« Ça a l'air d'aller mieux, toi, non ?

— Oui, tu avais raison. Ça m'a fait du bien la promenade, le bois, passer du temps avec toi… me retrouver seul aussi.

— Ça va s'arranger, avec Lola.

— Peut-être, oui, on verra. Ne t'en fais pas pour moi.

— Tu reviendras ? Tu m'accompagneras en tournée pour nourrir les chats bientôt ?

— Oui, promis.

— Tu ne veux pas que je te dépose chez toi en voiture ? Tu es encombré, ça n'est pas très pratique…

— Non, c'est gentil, je suis un pro du vélo ! Et puis j'ai envie de me promener encore un peu. »

J'ai posé la cage par terre, et j'ai pris ma mère dans

mes bras. Je l'ai embrassée sur les deux joues, elle a eu l'air surprise, un peu émue.

« À bientôt ! » La cage dans une main, j'ai rejoint mon vélo.

Miteux a miaulé. Je lui ai conseillé de s'accrocher parce que le trajet du retour risquait d'être acrobatique. Elle a miaulé encore, et j'ai imaginé que ça voulait dire « D'accord ». Ensuite, je suis monté sur la selle, la cage en équilibre posée sur les genoux, et j'ai démarré.

Au feu, plus loin, nous nous sommes retrouvés côte à côte avec ma mère, elle au volant de sa voiture, moi les paumes sur mon guidon.

À travers la vitre de la portière, nous nous sommes fait coucou de la main, puis elle a désigné la cage entre mes jambes, et a fait un pouce vers le haut. Elle paraissait heureuse. À mon tour, je lui ai fait signe que tout allait bien.

Je me suis rappelé que je devais lui acheter un sifflet, et me suis promis de le faire. Quoi qu'elle puisse en penser, ça pouvait lui être utile. Lorsque le feu est passé au vert, dernier salut de la main, elle a tourné à droite, moi à gauche.

J'ai pédalé de toutes mes forces sur la route, le vent dans le visage, allée de Longchamp, longeant le bois noir en direction de Paris. Là-bas m'attendait la lumière, le bruit, ainsi que le lendemain, et tous les autres jours. Cette pensée aurait dû m'affoler comme elle avait pris l'habitude de le faire depuis quelques jours. Ça n'était pas le cas. Pour une raison que j'ignorais, je n'avais plus peur de rentrer chez moi.

« T'en fais pas, Miteux, on y est bientôt ! » ai-je crié pour la rassurer, et j'ai eu envie de rire.

PAO : In Folio.
Achevé d'imprimer
sur Roto-Page
par l'Imprimerie Floch
à Mayenne, le 19 janvier 2017.
Dépôt légal : janvier 2017.
Numéro d'imprimeur : 90488.
ISBN 978-2-07-271125-1 / Imprimé en France.

311906